回乡记

刘玉栋

—— 著

四川人民出版社

图书在版编目（CIP）数据

回乡记 / 刘玉栋著. —— 成都：四川人民出版社，
2025. 1. —— ISBN 978-7-220-13960-4

Ⅰ. I247. 7

中国国家版本馆 CIP 数据核字第 2024RC3079 号

HUI XIANG JI

回乡记

刘玉栋　著

责任编辑	王其进
责任校对	申婷婷
封面设计	张　科
内文设计	张迪茗
责任印制	祝　健
出版发行	四川人民出版社（成都三色路 238 号）
网　址	http://www.scpph.com
E-mail	scrmcbs@sina.com
新浪微博	@四川人民出版社
微信公众号	四川人民出版社
发行部业务电话	（028）86361653　86361656
防盗版举报电话	（028）86361653
照　排	四川胜翔数码印务设计有限公司
印　刷	成都国图广告印务有限公司
成品尺寸	143mm×210mm
印　张	9.5
字　数	150 千
版　次	2025 年 1 月第 1 版
印　次	2025 年 1 月第 1 次印刷
书　号	ISBN 978-7-220-13960-4
定　价	48.00 元

回乡记

目　录
CONTENTS

.

「回 乡 记」

1

　　我突然接到父亲的电话，十分意外。父亲什么时候给我主动打过电话呢？我怎么想都想不起来。电话都是母亲打。母亲是一个干脆利落的人，一是一、二是二，且总是报喜不报忧。可是这一次，给我打电话的是父亲。我一听父亲的声音，心里咯噔一下子。父亲颤着嗓音，激动地说：家一，你回来一趟吧，我让人家给欺负了！说完，父亲啪地扣上电话。我愣了半天，又不好再打回去细问。整整一晚上，我坐卧不安，父亲那颤动着的嘴角总在眼前晃来晃去。父亲让人家给欺负了，我这个做儿子的能不着急吗？可是又有谁能欺负我父亲呢？我把街坊邻居，全村的叔叔大爷，能想到的都想了一遍，觉得他们都不会欺负我父亲。

在我的记忆里，父亲这一辈子，从没跟别人打过架。不管发生什么事情，父亲总是慈眉善目地微笑。就连那年月，我们家成分不好，人家贴我们家大字报，年轻的父亲被扣上高帽子，扭着胳膊走街串巷，推上台挨批斗时，父亲也没有怨天尤人，后来，更没有跟批斗他的人结下什么梁子。父亲说，那是形势需要，人不得不走形势。我父亲在村里当过多年民办教师，也可谓桃李满天下。父亲人缘好，辈分高、年纪大、身板儿硬朗，又能主持公道，这几年，名正言顺地成为丁姓家族的族长。父亲排行老三，人们都喊他三爷。丁家庄外姓的人很少，可想而知我父亲在村里的地位。村里有什么婚丧嫁娶、父子反目、兄弟阋墙等事，都是要我父亲出面的。村里有什么大事需要定夺，支书村长也总是先跟我父亲商量。

　　躺在床上，我想得头疼，也想不出谁能欺负我父亲来。但我知道，这一次，父亲真的是遇到了麻烦，持不住劲儿，才哆嗦着嘴唇给我打电话搬兵求援。

　　我躺在床上，滚过来滚过去。迷迷糊糊中，自己似乎又变成了一个少年，在村北那片枣树林里懵懂地走着，又爬到村东那个破土窟上，茫然地盯着一望无边的黑乎乎的庄稼，时而有野花香气隐约飘来……接着，又似乎站在村西那片生满芦苇蒲穗的大池塘里。这片池塘是我童年时的乐园，如今怎么变成了一潭死水，且发出阵阵恶臭，我低头看去，只见两腿上爬满柳叶状的蚂蟥……

我大叫一声，从梦中醒来。旁边的妻子翻了个身，嘟哝一句：神经病啊，大半夜的。说完，又翻过身睡去了。我无法再睡，索性从床上爬起来。

来到书房，点上一支烟。想想自己从小村走进城市，读完大学到机关上班，多年的城市生活并没有改变我对农村的好感，也没有改变我的一些农村习气。特别是刚上班的那几年，别人都皮鞋锃亮，我却觉得穿布鞋舒服，好像脚下踩的还是黄土坷垃。领导放个屁，咱得考虑三天，可还是头脑简单，遇事不转弯，说话直，语气生硬，不会温柔不会含蓄。有时候也想拍个马屁，却拍不正，拍到马嘴上，人家尴尬咱也憋气。回到家吧，常常脱鞋上床忘了洗脚，被妻子骂下床，洗完再上来，心里很不是滋味。

我自己都没想到，混到四十好几，竟然也混成了这家行业报纸的副主编。就是当了副主编，一些毛病也改不了，比如我最怕上街，最怕街上拥挤的人群、一辆接着一辆的汽车，最怕听人的嘈杂声、汽车的喇叭声，最怕烟囱里冒出的黑烟和蓝色的汽车尾气。父亲说人要走形势，看来我即便是做了这个副主编，也跟不上形势。不得不承认，像我这样的人，做什么想什么都觉得有些吃力了。妻子说我这是城市发展恐惧综合征。我说倒没这么严重，也许是从小生在水清草肥的乡村的缘故吧。妻子使劲儿"呸"一声，撇嘴说：就你那个小破村，还水清草肥呢？

对妻子的这种态度，我很不服气。记得结婚后第一次回老家。我领着妻子，村前村后胡乱一通转，正值中秋，村北的枣树林里结满肥嘟嘟红玛瑙般的枣子，随意摘一个放进嘴里，又脆又甜。在村西，夕阳正红光满面，雪白的苇穗金光闪闪，风一吹，此起彼伏，一浪一浪传到远处，灰棕色的蒲穗不倒翁般摇晃着脑袋，整个池塘变成金黄色，鱼花泛起，波光闪闪。妻子说：太美了、太美了。可是回过头来，她就把这些都忘掉了。

但不得不承认，这些都是多年前的乡村了。我知道这些年，乡村变化很大。有好的变化，也有不好的变化。尽管我说自己一直跟不上城市生活的节奏，可我对如今的乡村又知道多少呢？就是春节回家，也只不过三两天的时间，大伙坐在一起，不是喝酒打牌，就是说一些过年的话，即便是吹牛聊天，也是吹谁挣了钱发了财，要不就是聊五光十色的城市生活。农村人自己也不愿谈农村的事了。

可无论如何，我都没想到德高望重的父亲会让人家欺负。想到父亲那颤抖的嗓音，我心里火烧火燎。

天刚亮，我就跑到单位，把手头上的工作处理好，把会议采访、组稿定版、签字画押等等事宜都交代好，然后跟上面领导请好假。撅着屁股来到车站时，竟快到了吃午饭的时间。

2

如今这交通，倒是真的方便。我坐汽车到了县城，没用十分钟，便又坐上了通往丁家庄的小公交。三十多里路，票价两块钱，也算便宜。尽管通往乡下的道路不够宽阔，但路面还算平坦，坐在小公交上，很少有颠簸。这是当年我在县城读书时，想都不敢想的事情。

县城的变化更是不敢想，街道宽宽的，还有漂亮的绿化带，十多层的大楼随处可见，几座高厦的上空彩旗飞展，十几米高的大红条幅从商厦顶端一挂到底，全是摩托车彩电电脑微波炉的广告，并且全是国内有名的品牌。那商厦的装潢和气派绝不亚于任何一座大城市。充满抒情味道的推销声跟音像店里的流行歌曲声混杂在一起，渗透出这座小城的繁华。对我来说，这一切都是陌生的。二十多年前，我曾经在这座县城里读过三年书，在梦中，我还时常光顾这座县城，出现最多的竟然是面粉厂的车间，因为那座四层的白色楼房，是当年这座县城的最高建筑。如今，我坐在小公交车上，透过车窗，极力地寻找捕捉一些能让我忆起过去的东西，比如一座楼、一条胡同、一棵树……但没有，并且，连一点点儿熟悉的气息都没有。有的只是那气派得让人吃惊的行政大楼。

我稍稍有些伤感。我知道，这是一座全新的县城，它属于这些在此生活居住的人。尽管它的名字没变，尽管我在填各种表格的时候都要写上这座县城的名字，但它已经不是我记忆中的那个它了，远比一个几年不见小女孩变成一个亭亭玉立的少女要彻底得多。

　　汽车驶出县城的时候，我没有回头去看，是故意的。但紧接着，我立刻意识到，我的这种孩子气的做派，是多么滑稽可笑。这么多年，我身上的这种臭毛病竟然还没有抖搂干净。这让我很是恼火，恨不得扇自己两个耳光。我梗着脖子，朝窗外望去。

　　日光已经西斜，色泽也变成淡黄。刚过清明不久，正是麦苗拔高的季节，一排柳树嫩叶初展，在春风中，如同少女娇羞地扭动着身姿。我禁不住推开一点窗子，一股泥土的气息夹杂着麦苗的清香扑鼻而来。这是我熟悉的，我使劲儿抽一下鼻子，心里便突地生出许多亲切。我想，这是我喜欢的味道。

　　"家一。"我突然听到有人喊我的名字，轻轻的，试探性的。

　　我一回头。

　　"家一，真的是你呀。"

　　那声音猛地便高昂起来。对面，我看到一张四四方方的大脸，高高的颧骨把黑红黑红的皮肤撑得油光闪亮。此人看上去有五十来岁。

　　面熟。这是我的第一印象。还没容我细想，那洪亮的声音又如同铁锤似的砸过来："我是你三明哥，咋？认不出来了。"

车上所有人的目光都集中到我们俩身上。我有些窘迫和尴尬，但我还是笑着说："三明哥，哎呀，胖了。"

"不年不节的，这个点回来干吗？"

三明问得直截了当，可我不想在这样的场合回答这个问题。我看到前面有人抽烟，于是掏出烟来，问三明："车上能抽烟吗？"

"咋不能抽烟，抽就是，你以为这是在省城。"

我递给三明一支烟。三明接了，把烟举到眼前，说："好烟。"

我笑了笑，又不好说什么。

我给三明点着烟。三明深深地吸一口，然后便开始问这问那，他似乎对我所有的事都非常好奇。家庭、孩子、职务、级别，以及我所居住的那个城市，我的脑袋都大了，但碍于面子，我又不好不应承。我哼哈着，嘟哝着，自己都不知道说些什么好。我只好掏出一张名片递给他。只听三明"哎哟"一声，估计把车上的人都吓了一跳。三明说："你是个主编哪。"我的头开始隐隐作痛，我盼望汽车再开得快些，以便尽快结束这段不算长的路途。

回 / 乡 / 记

在我的印象中，三明好像跟我差不多大，我们小时候应该在一起捉过鱼虾捕过蝉雀。前几年我常回家来过年，拜年时能碰在一起，印象中他的话并不多，也可能是当时人多，显不出来。但更可能是我此时的心态变了。是啊，我不愿意多说话。我在替父亲担忧。我真想问问三明我们家的情况。不过，三明好像不知道我父亲发生了什么事。要是本村人都不知道的话，看来也不是什么大事。想到这里，我心里稍稍好受了些。

兜里的手机突然响起来，我还没掏出来，又停了。三明笑着说："我的手机号，你存一下。"我心里有些反感，手停在兜里，连看手机号的兴趣都没有了。这时候，三明掏出一盒普通的泰山烟，递过来一支。我稍做犹豫，便接了。我知道，如果我不接这根烟，肯定会伤到三明的感情。不存手机号没事，不接香烟不行。在这点上，我们老家的人是很计较的。

"家一，你是咱村最有出息的人了。这主编很厉害吧？"

我咧嘴苦笑，并不作答。

"你看，这报纸电视的，说个啥事，那些当官的真听呢，那当官的天不怕地不怕，哎，就怕你们这些人。"

听到这里，我禁不住乐了。我说："事儿哪有这么简单啊。"

三明十分认真地说："凡事当然不会这么简单，不过，你们说话确实管用着呢。"

好在这时候，汽车停在我们村口。三明家就在村东头，下来车，没几步他便到家了。分手时，三明言辞闪烁地说："家一，我知道你为啥这时候回来。你肯定是因为三叔的事情。事情已经出了，要慢慢解决，万不可意气用事啊。城里有城里的规矩，咱村里也有村里的现实。你如需要我，就给我打电话。我那个侄子确实不是个东西。我和他爹都拿他没办法。"说完，三明叹一口气，又朝我挥了挥手。我还没哑摸过他话里的滋味，他便走远了。我的心里立刻蒙上一层阴影，双腿变得沉重起来。

3

此时已近黄昏，我挎着一个旅行包，朝村里走去。这几年，村子最大的变化，就是多了这条窄窄的沥青马路，尽管路面疙疙瘩瘩，两旁堆着许多大大小小的棉花棵子和玉米秸，但话说回来，这已经不错了。用我母亲的话说：出门再也不用害怕踩两脚泥回来了。

在夕阳深红的光照中，村庄显得异常破败，牛栏、柴火垛，千疮百孔的老房子，就如同静止在过去的某一时刻。越往村里走，旧房子便越多，更让人纳闷的是，村庄如同被掏空了似的，我走半天，也没碰到一个人。以往我都是过年才回来，村里总是热热闹闹的。此时这静悄悄的感觉让我一点儿也不适应。再说，这跟县城的反差太大了。县城是那么热闹喧嚣，村里是这么静寂萧条。

父亲到底遇到了什么？这个问题在我心里已经想了不知道多少次。那颤抖的嗓音之外，又增加了三明那双闪烁的目光。难道欺负我父亲的是他的侄子？这个年轻人我肯定不认识，当然想不起他长得什么模样。可是，一个年轻人怎么会欺负到我父亲头上呢？我想不明白。离家越来越近了，我心里越来越忐忑不安。

我胡乱想着，猛地听到一阵鸡鸭乱叫的声音。有两个男孩子嘻嘻哈哈地跑过来，前面孩子的腋下夹着两只母鸡，后面孩子的怀里抱着一只大白鹅。他们跑过来的样子也像鸡和鹅，跩跩悠悠、趔趔趄趄。他们脸蛋通红，满脸兴奋，长得一模一样，如同一对双胞胎，也许就是双胞胎。他们跑过我身边时，都不约而同地瞅我一眼。抱鹅的孩子瞅我的时间稍长了一点儿，他一回头，脚底被绊了一下，一个跟头摔倒在地。那只大白鹅飞出去好远，不过，落地时它只是晃了晃身子，然后稳稳地站在那里，优雅地扇呼几下翅膀，斜着眼嘎嘎地叫了两声。前面抱母鸡的男孩子也停下来，他笑弯了腰，那清脆的笑声就像鞭炮似的响起来。

那个摔跟斗的男孩子很快便爬起来，同时，他似乎不经意地朝我瞥一眼，眼珠黑黑的，满脸羞怯之意。

孩子的笑声传出去很远。小村似乎又活了。

我挎着旅行包继续往前走。远远的，就看到一群人围在一张桌子前，每个人都或提或抱着鸡鸭鹅等家禽。我还没来得及纳闷，便看到了人群中的母亲。母亲一手提着一只鸡，正踮着脚尖往前看。

我站在那里犹豫了片刻，是过去呢，还是直接回家？说实在的，我实在不愿意过去，我看到人群中多是上年纪的人，光是那一套礼节性的问候，也够我吃不了兜着走的，更别说这个节骨眼上，还不知道家里发生了什么事情。

这时候，人群中不知道谁喊一声："三嫂子，那不是家一吗？家一回来了。"

母亲扭过头，一看果真是我，便有些不知所措，因为手里提着两只鸡。母亲竟然在原地转了个圈儿。

"先给三婶子打吧，家一回来了。"

紧接着，人们发出一阵笑声。

"狗日的二粮，净拿你三婶子开玩笑，不是给你三婶子打，是给你三婶子家的鸡打。"

在人们的笑声中，我看到母亲提着鸡走上前去。我明白了，原来是给家禽注射疫苗，这几年不是禽流感闹得厉害嘛。我有些恍惚，人们都跟母亲开玩笑呢，看来家里并没有发生什么大事。眼前的景象，让我一下想起小时候排着队等待接受疫苗注射时的情景。那时候，免费的疫苗接种刚刚来到农村不久，父母听说只要是扎这么一小针，就不会生天花水痘，就不得百日咳、小儿麻痹，并且都是不要钱的，内心别提多高兴，觉得社会主义新农村就是好、就是好啊。如今，我母亲都赶上给鸡鸭注射疫苗的时代了，看来，社会真的是进步了。这在原来，肯定是想都不曾想到的。记得小时候，我倒是最盼着来鸡瘟，因为鸡一死，我们就有鸡肉吃了。

母亲提着两只鸡朝我走过来。我伸手去接，母亲递给我一只。我一抬头，看到母亲的眼圈儿红了。当然，这肯定不是夕阳照的。从母亲的表情看得出来，家里肯定是出了什么事情。但这时候，我和母亲谁都没有说话。

我背着包，和母亲一人提着一只鸡，并排着往家走。

院子被母亲收拾得干干净净。虽说母亲已七十开外，但身体还算硬朗。我们家这四间老宅子，她和父亲一住就是一辈子。母亲从年轻就喜欢清静，如今身边没了孩子，倒也遂了她的愿，年轻时爱干净的习惯便显出来了。

母亲把鸡扔到鸡舍里，说："养了六只鸡，来来回回跑了三趟，多亏这是最后一趟，要不明天还要折腾。"

母亲拍打拍打身上的土，接过我的背包，一边走一边说："你肯定饿了，我先荷包两个鸡蛋，给你垫巴垫巴。"

我说："我还不饿，一会儿一块吃吧。我爹呢？"

母亲朝屋里努了努下巴。我便几步来到屋内。

父亲躺在床上，腰部以上盖着被子，两条腿露在外面，左腿蜷着，右腿膝盖以下缠着厚厚的白绷带，打着夹板儿，搭在两个摞在一起的枕头上。我心里"咯噔"一下子，忙问："爹，腿，这是咋了？"再看我父亲，闭着眼，绷着嘴，一声不吭。还是跟在我身后的母亲说："还不是让丁大筐家的那个狼崽子骑着摩托车撞的。"我忙问："厉害吗？是不是撞得挺厉害？"母亲说："在县医院拍了片子，说没断，只是裂了道缝儿，人家让保守治疗。都十来天了。"

我长长地吐一口气，说："这么长时间了，咋不早告诉我呢？"

母亲说："你爹不让，说这点小伤，躺一段时间就好了。他怕你忙。"

我有些着急，说："再忙我也得回来呀。"可我转念一想，又觉得不对，那昨天父亲打电话是什么意思呢？肯定还有别的事。我猛地想起什么来，问母亲："丁大筐是不是三明他大哥？"母亲说："不是他是谁！一个奶养的，都是一路货色。"

我点点头，觉得这个三明可不是个简单的人。我隐约地明白了点什么。这时候，父亲叹了口气。我扭头看父亲，突然发现父亲的身子骨似乎短了许多，头发几乎全白了，脸上皱纹纵横，如同核桃皮一般。父亲真的老了。

4

一边吃着饭，一边跟父亲和母亲唠着嗑，我这才把事情的来龙去脉弄明白。

原来，十天前，我父亲吃罢早饭，背着手去村南看春生二叔。春生二叔得的是胃癌，人快不行了，医院里都不收了。父亲来到小雪超市门口，想进去买箱牛奶。没想到，一辆摩托车从身后开过来，速度特别快。我父亲听到摩托车响，还没来得及扭过头来看，衣服便被摩托车把使劲儿带了一下子，整个身子转了个360度，一屁股摔倒在路边，右腿正好弹在一块石头上。父亲脑袋"嗡"一下子，本能地抬头瞥了一眼。摩托车倒是慢了一下子，开摩托车的人还回了一下头。我父亲一眼便认出那是丁大筐的儿子丁小尤。让人可气的是，摩托车猛一加油门，像一头受惊的骡子似的蹿得无踪无影。小雪超市的老板丁青峰跑出来时，只看见一个摩托车尾巴。

丁青峰扶起我父亲，说："三爷，你没事吧？"我父亲右脚刚落地，"哎哟"一声说："不行青峰，腿疼。"丁青峰忙让人从屋里搬出一把椅子，我父亲坐下来，满身尘土，脸色姜黄，狼狈不堪。丁青峰问："三爷，看清是谁了吗？"我父亲说："是丁大筐的那个儿子，把头发染成红色的那个儿子。"丁青峰说："我就知道是这个狗日的丁小尤，他刚买了辆新摩托，整天像个叫驴似的，沿着大街窜过来窜过去。"

那天，我父亲自然没法去看春生二叔了。他一站起来，腿就疼得受不了。他说："青峰啊，你给文成打个电话，让他开车来，拉我去医院拍个片子。"丁文成是村支书，也是我父亲的学生，对我父亲很尊重。他直接把我父亲拉到县医院拍了片子，结果还算不错，只是骨头裂了道缝儿。镇上有一家陈氏正骨，家传秘方，在我们这块儿挺有名。文成又拉着我父亲回到镇上，在陈氏正骨贴了膏药，打了夹板。整整折腾了一天，回到家天已黑透。文成说："三叔，你放心，你躺着好好养伤，明天我就让丁大筐拉着他儿子来给你赔不是。这治病吃药的钱，都得让这狗日的掏。"

可是，一眨巴眼好几天过去了，连丁大筐和他儿子丁小尤的影子都没见到。支书文成倒是又来过两趟。我父亲问起来。文成支支吾吾地说，三叔你别着急，丁大筐这几天不在家，他儿子丁小尤找不到人。到家来看我父亲的乡邻却说，我刚才还在村头看见丁大筐呢；还有人说，昨天晚上，丁小尤骑着摩托车，驮着他的狐朋狗友，从镇上喝酒回来，跟驴叫似的扯着嗓子唱呢。本来，这事儿一开始，我父亲并没有生多大气。即便是丁小尤撞倒他，一溜烟跑了，他觉得这毕竟是个乳臭未干的孩子。都是本家人，一个丁字掰不开。丁大筐拉着他儿子来喊声三爷，道个歉赔个不是，这事也就算了。

是我父亲把这事想简单了，想得过于美好，人家压根就不搭理你。文成再来，问我父亲说："三叔，那天，你当真看清楚撞你的人是丁小尤？"我父亲说："就是丁小尤，我看得清清楚楚。"文成叹一口气，说："这狗日的丁小尤，他死活不承认呢。他说他连只蚂蚁都没轧到过。"我父亲恼了，说："反了，翻天了，我活了这么大年纪，能像狗一样乱咬吗！苍天白日啊，他简直是睁着眼说瞎话。"

我父亲气得浑身哆嗦，这才一气之下给我打了电话。

我听着父母唠叨，肚子早给气爆了。我把筷子往桌子上一拍，霍地站起来说："我这就去找那个丁小尤，看看他到底是个什么玩意儿。"母亲说："家一，不可莽撞，你是在外面有工作的人。你不知道，那孩子是个小痞子，头发不光染成红色，还一根根竖着朝天上长，整天跟一些不三不四的人来往，偷鸡摸狗，啥坏事都干，村里人都提防着他呢。你还是先找找文成，问问情况。"

母亲这么一说，我冷静下来。母亲说得很对，我跟一个小痞子吵架，也丢不起这个人。父亲受人尊重惯了，是一个极要面子的人，他心里窝着一团火，憋着一口气，就是想讨个说法。还是先找找文成去吧。他是村支书，又跟父亲念过书。我相信他是向着父亲的。

我点着一支烟，走出家门。夜晚的村子，真黑啊。我在门口站了一会儿，才逐渐适应眼前的黑，一抬头，看到满天的星斗，这么多这么亮，让我感到吃惊，我好像已经许多年没有看到这么多星星了。村子更是静得出奇，静得连狗都不叫一声，静得让我产生了错觉，觉得此时已是深夜。这夜静谧得有些肃穆而古老。这才几点哪？我掏出手机来一看，七点二十分，新闻联播还没结束呢。实际上，我是喜欢这样的感觉的。如果不是父亲的事情压在心头，我会好好地呼吸一番小村春夜这迷人的气息——我又犯病了，一种不可救药的矫情病，一种自作多情的抖搂不干净的臭毛病。难道我不知道这仅仅是一种表象？天还是那个天，但地还是那个地吗？听母亲说，这年把来，村子已经没老没少地走了七八个人，全是癌。母亲指了指脚下，说，这地下的水，坏了。

我来到小雪超市，买了两瓶酒。老板青峰一看是我，热情地说："叔，你回来了。"我说："青峰，谢谢你那天把你三爷扶起来。"青峰挠着头皮说："叔，你还跟我客气啥，你当这是城里呀。三爷好些了吗？"我点点头，说："这不，那个丁小尤死活不承认是他撞的，你三爷把我叫了回来。"青峰想说什么，但欲言又止，眼光也开始有些躲闪。正如三明所说，村里有村里的规矩和现实，我理解青峰。我提着两瓶酒走出小雪超市，径直朝文成家走去。

5

文成刚吃罢晚饭，脸膛红红的，桌子上的一堆鸡骨头还没有收拾。看到我提着酒进屋，一拍大腿，说："家一呀，你早过来会儿多好，要不这样，让你嫂子再弄个肴，咱哥俩再喝点儿。"说着起身要拿酒，我忙拉住他，笑笑说："我哪还有心情喝酒？你挺恣啊，天天还自己喝二两。"文成苦笑一声，说："老弟，你可别挖苦我，你哥我弄了两台挖掘机，天天靠在工地上，今天这还是回来得早。晚上不喝点儿，这腰也酸来腿也乏，不服不行，马上就老了。"文成边说笑着，边招呼嫂子泡茶。

文成开门见山，说："家一，你回来也好，咱得想想办法。这事儿你也清楚了，真有点挠头，碰到丁小尤这么个王八蛋，死活不承认。你说吧，当时又没别人看见，难办哪。"我说："文成哥，你知道，我爹一辈子没讹人，他是个要面子的人，他只是心里憋着一口气。那个丁小尤，他光不承认也不行啊。"文成叹一口气，说："三叔是啥人，我能不知道？一辈子知书达礼，光为别人着想，年龄稍长点的，没有不知道的。可碰到的是丁小尤这么个不懂事屁孩子。"我说："孩子不懂事，难道他爹丁大筐也不懂事？"我有些激动。文成愣了片刻，说："走，咱去找找丁大筐。"

很快，夜色把我和文成裹了起来。显然，这脚下的路，文成比我熟得多。我跟在文成身后，深一脚浅一脚地走着。远处，传来一辆机动三轮车的马达声，接着便引来几只狗的齐吠。我掏出烟，说："文成哥，来，抽支烟。"文成停下来，黑影里，接过我递给他的烟。我边点烟边说："村里也太静了，狗这么一叫，心里倒踏实些。"文成吸一口烟，说："比起原来，如今咱丁家庄人少多了，有点办法的人都走了。我跟你说实话，家一，这个支书，我早就不想干了，不是老人，就是妇女小孩，干个啥劲儿？我去镇上辞了好几次，辞不掉。像咱这偏远的地方，村干部没法干，瞎操心不说，到头来啥事都埋怨你。一年给你那仨瓜俩枣的，还不够买两条好烟的。"听着文成的叹息，我竟一时无话可说。黑影中，两个烟头一闪一闪的，如同荒野里舞动的鬼火。初春的夜晚，寒气依然袭人，我禁不住哆嗦了一下子。

随着文成一声到了，我们停下脚步。夜色中，眼前的门楼显得高大宽阔，两边翘起的门檐像极了两只昂头的小兽。文成拍打着门环，沉闷的声音显得空洞无力。院子里传来咳嗽声，紧接着一声谁啊。文成说一声：我。很虚幻的感觉。门吱一声开了。文成和我走进院子。借着从窗户里传出的灯光，丁大筐看清是我，说："呦，这不是家一兄弟嘛，稀客稀客，快进屋。"

一进屋，丁大筐家的摆设和装饰着实把我惊了一下。52寸的平板电视里正播放着抗战连续剧。台式空调、双开门冰箱、红木沙发桌椅，沙发后面还摆着一台硕大的按摩椅……这比支书文成家阔气多了。丁大筐很热情的样子，又是端茶，又是递烟。

"大筐哥这日子过得不错啊。"

"再好能比得上兄弟你？我听说你当啥主编，那多厉害。"

"那都是虚的，现在，有钱才是真厉害。"

"我哪有啥钱，我这是打肿脸充胖子，捞个面子而已。你说是吧文成？"

文成深吸一口烟，又缓缓地吐出来，说："守着家一，别说恁话了。丁小尤那小子呢？"丁大筐一听这话，尴尬地咧咧嘴，说："今天晚上小尤不回来了，跟他几个朋友在县城里喝酒，说是住在同学家。"文成说："城里乱七八糟的，你倒是放心。"丁大筐嘿嘿一笑，说："我不能看他一辈子吧。再说，一个男孩子，吃不了大亏。"文成又点着一根烟，说："大筐，我不是说你，你也太自私，哦，你男孩子不吃亏，人家女孩子吃了亏你就高兴了。"丁大筐瞅我一眼，有些不好意思地说："我可不是这个意思。你当个支书，说话就愿意上纲上线的。"文成说："那好，咱不上纲上线，这不，家一也回来了，你说，三叔这事咱咋办？"

丁大筐一听这话，看上去倒踏实多了。他给我和文成添满茶水，这才坐下来说道："家一，我们都是丁家人，一家人不说两家话。三叔在村里的威望谁不知道？我也跟着三叔念过书，三叔对我也不错，这事我不能躲啊。再说，三叔治病那点钱，对我来说根本算不上啥。可是你那个大侄子小尤说，确实不是他撞的。他说不是他撞的，我这个当爹的要是承认了，他会对我有看法的。要是有个人站出来说，三叔就是小尤撞的，这事也好说，可是没人这么说。你说我有啥办法？我也是两难呀。"

丁大筐说得头头是道，我竟一时不知道话从什么地方说了。我被憋得脸色通红，猛吸两口烟，说："可是，我爹说就是你家小尤，他看得很清楚。他这么大年纪了，他能说谎吗？"

丁大筐听完我的话，身子从沙发这头挪到沙发那头。他说："这样，我这就给小尤打电话，我把免提打开，守着你们，咱当面问问他。"说着，他便摁了一串号码。接着，电话里传出激昂的音乐声。响了半天，音乐声才像潮水一般退去。丁小尤的声音猛地冒出来。

"爸，有事吗？"由于摁了免提，所以声音很大，电话里闹哄哄的，好像是在酒桌上。

"还不是你三爷那事。你文成叔在这里，你家一叔也回来了。你说你三爷到底是不是你撞倒的？也不是多大的事，你实话实说就是。"

"咋就没个完了？说不是就不是。啥三爷五爷的，牲口毛我都没碰到一根。"丁小尤在电话里吼起来。隔着电话，我都似乎能闻到一股酒味。

"你好好说话不行，你叔他们都在这里听着呢。"

"我就这么说话，咋了？有啥牛逼的？不就是在省里编个破报纸吗？我再说一遍，说不是我撞的就不是我撞的。惹我急了，我弄死他们全家！"说罢，电话"啪"

地合上了。

"你个鳖羔子。"

丁大筐使劲朝电话里骂了一句，他抬起头，朝我咧咧嘴，说："你看这个狗日的，太不像话了。"

文成火滋啦地说："是不像话。大筐，子不教父之过啊。"

我能说什么呢？我什么都没说。我站起身，朝外走去。丁大筐在后面说了些什么，我一个字都没有听进耳朵里。出来大门，走出去好远，文成才追上来。文成说："家一，你别生气，你看到了吧？丁小尤就是这么个玩意儿。丁大筐再有钱，就是管不了他这个儿子。"

我倒真的不再生气。我毕竟是学文的出身，读过几本历史书。我知道，像这样的痞子流氓，自古就没有少过。

6

回到家，我当然不能说去丁大筐家的事。我装着很轻松的样子，跟父母说："我跟文成哥聊天呢，文成哥还是那么能聊。他说人家医生说了，你这伤没事，最多躺一个月，这不，十天都过去了。明天我去一趟镇上的陈氏正骨，再请人家来给你换换药，看看恢复得咋样?"本来，我是想多陪二老说说话，可我害怕再说到丁大筐一家人，我害怕控制不住自己的情绪，便说自己昨晚一宿没睡好，困了。

母亲早就给我在另一间屋里铺好被窝。昨天晚上没睡好，今天从一大早就折腾，也确实累了，洗洗脚便躺进被窝。夜倒是真静，是那种无边无际的静。可我还是睡不着。怎么办呢? 我在想，父亲的腿倒无大碍，慢慢静养就是。可我明白父亲给我打电话的目的，无论如何，我得给老人家一个答复吧。报社里一大摊子事，我也不能在家里多待。黑灯影里，我悄悄地坐起来，点着一支烟。盯着时明时暗的烟头，我一下子想到三明，想到三明那张黑红油亮的脸。对呀，三明是丁大筐的亲弟弟呀。我呆愣片刻，心里禁不住一阵兴奋，忙摸起枕边的手机，摁开一看，上午那个引起我反感的未接电话果然还在上面。这一刻，我却像见到宝贝似的，小心翼翼地把它存起来。

也真奇怪，存上三明的电话后，困意接踵而至，闭上眼睛，没用五分钟便睡着了。这一觉睡得踏实。醒来时，已是早上的八点钟。父母已经吃罢早饭。母亲笑眯眯地看着我说："饭在锅里热着呢。"

我边吃着饭，边跟父亲说："昨天我和文成哥给丁大筐打电话了。丁大筐在外地跑业务，态度倒是挺好，他说他会处理好的。那丁小尤是个十七八岁的屁孩子，整天不在家，你就别强求他能做什么。再说，他要真到咱家里来，你见到他能不生气吗？"父亲目光无神地盯着灰蒙蒙的窗户，眼珠儿一动不动。

饭后，我慢慢地踱出家门，沿着胡同往北走，来到一处荒芜的宅院里。我给三明拨通了电话。

"三明哥，听出我是谁来了吗？我是家一。"

"咋能听不出来，大主编嘛，你的电话我存了。你有啥吩咐？"

"我哪敢吩咐你，你现在家吗？"

"我倒是在家，不过我九点多得去趟县城送货，下午回来。"

"你等我会儿，我马上就到。"

我径直朝小雪超市走去，几乎是一路小跑。我买了两箱最好的牛奶，来到村东的三明家。我把三明拉到屋里，也没跟他客气，把昨天我和文成去他哥哥家的情况大体说了说。当然，我不会说他侄子丁小尤要弄死我们全家的话。我说："三明哥，你得帮我个忙。你知道，我爹是个死要面子的人，他在咱丁家被人尊重惯了，想不开，正在钻死牛角。"三明面露难色，挠着头皮说："这个忙咋帮？他们这个样子，你让我……"我说："三明哥，你啥都不用做，啥话都不用说，你下午回来后，提着一箱奶，到我爹眼前站站就行了。"三明吞吞吐吐地说："可这事，要传到我哥和我侄子的耳朵里，他们不怪罪我？"我说："这事只有你我知道，别人我只告诉文成。文成是支书，他心里装事，他不会乱说。他要说，也只能说你做得好。三明哥，话又说回来，咱们都姓丁啊，又不是仇家，你好歹喊我爹个三叔吧，去看看你三叔，你可以找出好多个理由来，你都可以说咱俩是从小拜把子的盟兄弟。"听我这么一说，三明脸色才有些舒展。他缓缓地点点头。

送我出来门，三明立刻变得活泛起来，他说："家一啊，你个省城里的大主编，这么牛，你也不请你哥喝壶酒？"我愣了一下，忙说："喝，一定喝，今天晚上就喝，我一会儿给文成哥打个电话，咱们去镇上喝。"三明的脸上立刻便乐开了花，他咧着大嘴，把黑红的脸膛撑得更加油亮。

从三明家出来，我朝绿油油的麦田走去。枣树还没有发芽，我看到远处的枣树林，就像一团团的雾霾似的包围着村庄。

春风是柔软的，却把我的眼窝吹得又辣又痛。

「葬马头」

我父亲叫刘长贵，是个瘸子。在我父亲变成瘸子之前，人们都喊他刘长贵。刘长贵，今天你就淘粪圈吧。这是队长的声音。刘长贵，茅房里的臭屎都要堆成山了。这是我母亲的声音。不管谁喊他，刘长贵的第一个反应就是拽耳朵，他用食指和拇指在肥厚的耳垂拽上几下，说一声"好哩"，就做出雄赳赳气昂昂的样子来。在我父亲变成瘸子之前，人们都喜欢摸摸他的头，捏捏他的鼻子，有时候也帮他拽拽耳朵，下手轻重，我父亲都不会恼，不但不恼，他还笑。人们一摸他的头，他就笑了，人们再捏捏他的鼻子，他还是笑，我父亲刘长贵就是这样一个好人。但再好的人，也有说不过去的地方，即使你没做什么不对的事儿，可你的祖上不见得没做。

　　刘长贵，你知道什么叫历史吗？当那个脸庞已经模糊的人扯着我父亲的耳朵这么问时，雾庄的老少爷们都站在学校的操场上伸着脖子听，但人的脖子终究伸不了多长，人就是人，不是长颈鹿也不是恐龙，再说，伸的时间长了还会发酸，于是就搭起一个台子，台子并不高，三岁的孩子正好把一对黑眼睛搭在上面。我父亲站在台子上说，历史是一个问题。放屁，那个人伸手就在我父亲的耳垂下面来了一巴掌。我父亲笑了，他低着头，但人们还是发现他笑了。你还笑，啪，我父亲的脑瓜皮上又挨了一下。我父亲脑瓜皮上头发少，所以声音特别清脆。我父亲还是笑，我父亲缩着脖子，露出几颗黄牙来。让你笑，一只胶鞋踢在刘长贵的腰上，只见刘长贵左右一摇晃，如同马蹄踩到高粱秸上，一头扎到台子下面，咣，于是，我父亲变成了瘸子。

重要的是，从此以后，我父亲的名字也随之产生了本质的变化，人们不再喊他刘长贵，仿佛一夜之间，刘长贵这个名字就退出了历史舞台，人们喊他瘸子。瘸子，今天你就淘粪圈吧。瘸子，茅房里的臭屎堆成山了。瘸子依然是个好人，虽然很少有人再摸他的头，捏他的鼻子了，但他还是喜欢笑。

我嚼了半天舌头根子，实际上还没贴题，对于讲故事来说，这是个忌讳，如同吃包子，咬了半天，还没沾到馅儿。好了，书归正传。

这是一个关于瘸子父亲和滚蹄子马的故事。

瘸子父亲略做了交代，但知道滚蹄子马是怎么回事的人也不会多。顾名思义，滚蹄子马的蹄子是圆的，如同人的脚底下踩了个皮球，但球似的马蹄子却是天生的，所以这样的马走起路就特别费力，几个蹄子轱辘轱辘地往前滚，身子东摇摇西晃晃跟个醉汉差不多。不但姿势难看，而且还慢。滚蹄子马是不多见的，尤其在农村，因为干活不中用，所以这样的马打一生下来，只有挨刀的命。那一年，队长和会计去东边的军马场购马，当队长的手指向这匹马的时候，军马场的人笑了，因为是军人，所以人家不欺骗老百姓，人家说这匹马便宜，只收半价，这是匹滚蹄子马。队长说什么叫滚蹄子马。人家牵出来溜了溜，队长并没看出多大的问题，远看只是走路慢了点，近看就是蹄子圆一些，价格又便宜，干活嘛，死活也比个牛厉害吧。队长像相媳妇似的，嘴里嘟嘟囔囔，翻过来倒过去地寻思半天，最后还是买了。图个实惠，队长说。但一到路上，队长就后悔了，他让会计牵着两匹好马在前面走，他牵着滚蹄子马跟在后面，但走着走着，距离就拉开了。天快黑的时候，他只能看见会计的烟头在前面很远的地方像鬼火似的晃来晃去，队长就发狠，抡圆了牛皮鞭子，驾，马的速度真的快了，但就快那么几步，接着又慢下来。每次队长追上会计时，会计准是蹲在路边上吸烟了。那时候天已黑透，队长发狠似的又给了滚蹄子马一鞭子。会计说，不用打，打死它也快不了。据说队长和会计进村的时候，队长的一只胳膊已经抬不起来了。

结果是可以预料的，滚蹄子马受到了冷落。那时候还是集体作业，在生产队里，谁也不愿意牵着滚蹄子马去干活，连饲养员，添草料时也会给它少来上两筛子，于是，滚蹄子马就成了我父亲的专用马。换句话说，我父亲也只有用这匹马的份儿。每次出工之前，我父亲心地坦荡，总是提前站在滚蹄子马前。队长一声令下，大伙各就各位，一阵忙乱，争先挑一番好用的工具和牲口，只有我父亲慢慢悠悠地解着滚蹄子马的缰绳。就有人开始开玩笑，说：瘸子，干脆你今天就去配种站吧。另一个说：找个没人的地方就行呀。大伙笑了，说：那生出的马驹肯定还是个瘸子。父亲并不搭理他们，只是抻抻自己的耳垂，拍拍滚蹄子马的屁股，说：走吧。于是，父亲就牵着滚蹄子马上路了。然而这样的组合，确实有些残忍，但又是合情合理。合情合理的是滚蹄子马走得慢，我父亲也走得慢，我父亲是个瘸子嘛。如果说人有三六九等，马也有三六九等的话，可谓门户相当。所谓残忍，只是回头去看，才有此感觉。然而在当时我父亲牵着滚蹄子马走在雾庄的大街时，那是一道风景，我父亲是个瘸子，他每走一步，身子总是晃悠一下。马的身子更是摇摆不定，一会儿左晃一下，一会儿右晃一下，所以我父亲牵着滚蹄子马走起路来，动作就比常人常马多出去不少，他和他的马像木偶剧中的两个演员，动作浑然天成，相得益彰，绝无造作之感。多年之后，我父亲牵着滚蹄子马的情景，还时常如同卡通片似的涌现在我的眼前。当时，人们驻足观看，无不大笑叫绝，放学回家的孩子们，更是紧随其后，嘻嘻哈哈地乐上一阵子。孩子们乐，我父亲也乐。我父亲秃顶，大耳垂，如果不是偏瘦的话，也绝对是一尊佛爷。但有的孩子不老实，拿柳条子抽马屁股，啪，一下子，我父亲不笑了。啪，又一下子，我父亲脸涨红了。啪，再一下子，我父亲就发怒了。我父亲喊道：王八羔子，你们找死呀！然后一跺脚，孩子们哄一下散开了，然后站成一排，开始喊一些顺口溜：滚蹄子马，瘸子牵；赶个集，买挂鞭……累坏了四个球，忙坏了蹄子一条半。

母亲是个要强的人，觉得这样丢面子，就几次找到队长。母亲说：瘸子老实是不是？老实你们就耍他是不是？你们让瘸子牵着滚蹄子马，你们觉得好玩是不是？队长拍着胸脯子说：天地良心，兄弟媳妇，你还是回家问瘸子去吧，哪次出工，不是他瘸子抢着去解滚蹄子马的缰绳。然后队长一笑，说：兄弟媳妇，你是不是抱上醋瓶子了，那瘸子跟滚蹄子马的感情可是越来越深，那可是一匹母马呀。母亲使劲剜了队长一眼，转身就走，后面自然响起大伙儿的哄笑声。

不管母亲怎么说，我父亲却不以为然。自从买了滚蹄子马，我父亲似乎遇到了知己，不仅去饲养处的次数多了，就是蹲在饲养处的墙根下面，口里叼着烟嘴，眼睛也始终不离那匹滚蹄子马。那是匹浅灰色的马，只有马鬃和尾巴的颜色较深，它站在马槽边吃草的时候，打眼看上去，也算得上魁梧。还有，就是马的眼睛，用我父亲的话说，那眼里总是有点什么东西，我说不出来呀。多年之后想一想，就有了一个准确的词：忧郁。烟抽完了，父亲从墙

根下站起来，总是叹一口气，他秃秃的脑门上呈现出无奈
之感，把烟头扔掉，伸手拽拽耳垂，来到马槽边，趁饲养
员不在，端上筛子草料，筛也不筛就扣进槽里，然后烫手
似的扔掉筛子，伸出手掌去抚摸一会儿马脖子，再替它梳
理一番马鬃，就装作若无其事地溜达出饲养处。父亲摸摸
脑门，拽拽耳垂，咧开嘴笑了。

回到家来，父亲要往床上靠，母亲一把拽起他来，
连推带搡把他弄到门外，父亲莫名其妙，说：这是干什
么？外面天都黑了。母亲说：你跟牲口去睡吧。父亲
说：我怎么跟牲口去睡？我又不是饲养员。母亲说：你看
你弄的这身马毛，那匹瘸子马是你亲娘还是你亲爹，是
你家养的还是你家生的。你看你每天闹那个洋相。你就
不觉得丢人现眼，不觉得犯贱？

母亲一边骂一边把扫帚扔给父亲。父亲轻轻地扫着身
上灰色的马毛，笑笑说：我不是看着它可怜吗，打个比方，
你说一个孩子，如果别的孩子不跟他玩，他心里是什么滋
味。这马就是干活慢点，又不是不能干；开始有几次，我看
到别的马都被牵走了，剩下它孤零零地待在马圈里，队长
让我清马圈，我清一会儿，跟它说一会儿话，你说事也邪
了，唉，它像听懂了似的，我说我是个瘸子，它打一声喷

嚏;我说我腿上的骨头给摔成了好几块，它就甩甩尾巴；我说筋也断了，又像绳子似的系了个扣儿，算是结上了吧，它就拿蹄子踏踏地。我一下子就喜欢上它了。再说了，一匹马要是没人驯一驯，它就不会干活了；不会干活等于一个废人，那就无法跟大家在田里劳动，那心里就一点儿趣味都没了，那还有个鸟意思。

我父亲的声音越来越小，后来干脆低下头去。母亲是刀子嘴豆腐心，最见不得人家在她面前低头认罪的样子，连拉带拽地又把父亲弄进屋里。

有一天，父亲又蹲在饲养处抽烟。大家应该知道，那时候在生产队时，每一个成年人，不论男女，都得像如今的工人一样，定时定点地劳动，一年365天，天天如此，刮风下雨，没有活干，只要听到铁钟一响，大伙也得往一块儿凑，也得在一块儿熬，所以父亲有时间蹲在饲养处的墙根下面时，不是一早就是一晚。那应该是一个晚上，我父亲蹲在黑暗中抽烟，两眼盯着灯光中吃草的滚蹄子马，一袋烟没抽完，却"噌"地蹿了起来。就在那一刻，我父亲产生了一个想法，事实证明，这个想法非常不错，在以后的日子里，我父亲倍感自豪。那就是给滚蹄子马做上四只鞋子。这个想法让我父亲激动得绕着马转了好几圈，想到做到，我父亲用高粱秸给马蹄子量了尺寸，又蹲下身来，伸出手掌，挨个儿攥了把球形马蹄子的厚度，做到了心中有数。然后立刻回家，趴在油灯下面，连夜设计。其间让我母亲臭骂了好几次，说他点灯熬油，浪费纸张。第二天一早，父亲把设计方案塞进了队长手里，队长手拿学习用的作业本，仔细地看了看上面几个癞蛤蟆似的图案，没看懂，说：瘸子，你捣鼓了些什么玩意儿？我父亲脸涨得通红，一只手抻着耳垂子，一只手比画着，说：我想给牲口做几只鞋子。队长愣了片刻，扑哧笑了，说瘸子呀瘸子，我日你娘，你还嫌笑话少是不是？可是这一次，我父亲却没有笑，我父亲极其严肃地说：肯定能行，你就让我试试吧。队长叼着旱烟袋，瞅了瞅那匹灰色的滚蹄子马，又瞅了瞅我父亲短了一截的瘦腿，说：你愿意怎么折腾就怎么折腾去吧，不过有两条，一是牲口不能受伤；二是不要耽误出工干活。我父亲说好哩，然后扭头就走。队长蹲在地上半天没起来，他差点笑破肚子。

没过两天，修马掌的人来了。按说，修马掌的人应该是三个月来一次，来为村子里所用的牲口修一次马蹄子，这次人家刚走了时间不长，是我父亲专门跑了一趟，上门把自己的想法跟人家讲了，人家觉得这"鞋子"并不难做，只是"穿"上以后，效果如何，就不知道了。父亲斩钉截铁，说绝对没有问题。于是，人家就跟着父亲过来了。当时刚下过一场小雨，地面上黏黏糊糊，可是整个饲养处却是热闹非凡。原因是队里正准备分甜瓜，男的女的老的少的，提筐的端盆的，还有手里拎着帆布口袋的。人们正翘首以待，就等着队里拉甜瓜的马车进入他们的视野，然而一阵骚动过后，人们发现进入他们视野的是我父亲和两个外乡人，于是失望，高喊：瘸子，你没去摘甜瓜呀？瘸子，看到拉甜瓜的车进村子没有？但不管是谁的声音，我父亲一概不理，他领着两个修马掌的人，径直地走进了饲养处。在队长不在的情况下，我父亲第一次当家做主，我父亲大手一挥，说：干吧。于是我父亲和两个修马掌的人蹲在滚蹄子马的身子下面，就忙活起来。开始，人们感到莫名其妙，在甜瓜没到的情况下，人们开始向这边靠拢，随着时间的延伸，人们逐渐看出了不一样的地方，人们发现，在通常半圆形的马掌前面，又伸出了一个铁三角架，有人说：瘸子，你这是干什么，你在马掌上又铆上个三角架，你是不是想破坏劳动生产呀？我父亲回头说：放你娘的个屁，一会儿你就知道了。被骂的人是谁，已经忘掉了，同样变成了一个脸庞模糊的人。这人在让我父亲骂了句后，愣了愣神，后来觉得不对劲，咳，瘸子也骂人，就觉得吃了大亏。上前就在我父亲的头上来了一巴掌，我父亲站起来，说：我正忙着，我不理你。那人说：你不理我我还理你呢。说着，又是一巴掌抡过去，我父亲一闪，没全闪开，腮帮子上被扫了一下，顿时出来三个手指头印子。这时候，不知谁喊了一嗓子，"甜瓜来了。"接着，人们呼啦啦地向饲养处的大门口跑去。那人这才罢手，他吹了吹手指头，拿眼斜了我父亲一眼。也就是他们打架的工夫，人家修马掌的就给滚蹄子马"穿"好了"鞋子"。

　　我父亲解下马缰绳，牵着滚蹄子马，在分甜瓜的人群中穿了过去，嘈杂声猛地降下来，人们发现了不对的地方，片刻后，人们才意识到，现在，晃悠身子的只剩下我父亲，那匹马，滚蹄子马，身子却像被上了夹板似的，再也不左右摇晃了。随后，人群又开始热闹起来，人们哈哈一笑，说，这个瘸子，真他娘的有一套。又开始把目光放回到甜瓜上，再也没有人去关注我的父亲和滚蹄子马。实际上，人们的心里失望极了，少了滚蹄子马的摇晃，村里就少了一道风景，就失去了一部分欢笑。为此，我父亲也付出了代价，那就是很少再有孩子跟在他和滚蹄子马的屁股后面了，他牵着滚蹄子马的身影，也变得愈加孤单。

就这样，我父亲度过了他平淡无奇的一年，等到我父亲再度成为焦点人物的时候，已经是来年的秋天。每到这个时候，热火朝天的劳动场面就会感染每一个人，掰玉米的，砍玉米秸的，撒粪的，耕地的，耙地的，耩麦子的，直到深秋的田野一马平川，人们才能喘上一口气。

事情发生的时候，麦子已种得差不多了，我父亲和滚蹄子马的任务是把种上麦子的土地再轧一遍，让土地更平实，让麦种更能感受到土地的温暖。因为这活儿不急，早一天晚一天问题不大，于是一百多亩地的任务就落在我父亲和滚蹄子马的身上，滚蹄子马虽然走起路来不再东摇西晃，但还是慢，别人干活的时候，嫌它碍事，所以它还是无法进入到那种你争我抢的大场面中去。

还是说那天早上，我父亲牵着滚蹄子马，滚蹄子马拉着碌碡，开始了一天的工作。不远处，人们的欢声笑语不时传来，那些牲口干起活来的身影也极其潇洒，它们昂着头，四蹄奋力前疾，土块像花似的在蹄下爆开，散发出泥土的清香。相比之下，我一瘸一拐的父亲和滚蹄子马不但形单影只，而且速度极慢，尤其是那一天，滚蹄子马垂着头，蹄子重似千斤，抬不起来。不管我父亲如何吆喝，挥动马鞭，滚蹄子马就是快不起来。我父亲叼着烟，不时地抻抻耳垂，瞅一眼一望无边的土地，心里有点急，虽然是深秋天气，他头发稀少的头顶上，汗水却逐渐集聚成珠，一颗颗上下翻滚，在阳光下闪烁不定。到了后来，滚蹄子马干脆停下来，我父亲卡着腰，手里扬着鞭子，站在马头前。滚蹄子马垂着头，一对大眼睛忽闪着，它似乎有些羞涩，似乎不敢看父亲一眼，它偶尔把头扭过去，看一看远处。气得父亲蹲在地里，又点上一袋烟。不一会儿，队长从远处走过来，队长说：瘸子，你还怪享福呢，别人忙得跟孙子似的，我日你娘，你蹲在这里玩上了，你看这才几点，离中午饭还早着呢。父亲忙站起来，说：队长，你听我讲。队长说：我不听你讲，你瘸着条腿，你自己心里明白。队长的意思是说，瘸子，我对你不薄呀，我时刻在照顾你，你还不给我面子。队长甩头又走了回去。我父亲心里明白了，肯定是有人又在说风凉话。一种失落的情绪袭上我父亲的心头。只见我父亲马鞭高举，鞭梢在空中划了道漂亮的弧线，落下的阳光也变得零零碎碎，父亲的身子向前跟跄了一下，啪，一声脆响，鞭梢落在马屁股上，几根马毛横空飘起，空气的味道，也变得像父亲的情绪一样焦灼，疼得滚蹄子马，一窝身子，就向前走了几步。也许这两年来，它是头一次挨到父亲的鞭子。父亲瘸着腿，紧跑几步，一把拽住缰绳的根部，因为马上了嚼子，所以稍一用力，那根小铁链就会勒紧马的牙花子，如果是以往，马会感到疼痛，就会跟上父亲的步伐。然而那一天，一切都无济于事，没走几步，马又停下来，它的身上开始出汗，浅灰色的皮毛上有了一块块湿斑，有几个好事的猛地发现我父亲发了火，觉得这的确新鲜，就跑过来看热闹。

瘸子，揍它，它也是个瘸子，凭什么就能欺负你。

瘸子，揍它，大伙也看看你的威风劲儿。

瘸子，你他娘的真是个瘸子，子不孝，还父之过呢，一个牲口，你还舍不得揍……

这时候，父亲正使劲地拽着缰绳，嚼子在马的牙花子上翻过来倒过去。滚蹄子马稍稍昂头，不停地翻动着宽阔的嘴唇，不一会儿，血沫子从马嘴里淌下来，翻滚着红色的气泡，白色的热气氤氲袅袅，可它的蹄子如同被铁钉钉住了似的，一动不动，那几只"鞋子"，铁三角架，也深深地陷进土里。我父亲，包括周围所有的人，还没有见到过这样的马，它比一个老头子还倔强呢。父亲松开缰绳，马头立刻不动了，只是稍稍抬一下头，平静地看了看父亲。此时，我父亲面红耳赤，就像练八卦掌似的，来来回回地迈着步子。还有这么多的活在等着他干，还有这么多的人在旁边看热闹。他不停地拽着耳垂子，我父亲那时的耳垂子，用个好听的词讲，那就是玲珑剔透。我父亲站在马头前，累得呼呼喘气，额头上的汗珠被阳光折射得支离破碎。父亲真的生气了，他重新举起了马鞭子，啪，落在马的腰上，啪，落在马的脖子上……滚蹄子马一动不动，似乎鞭子抽的不是它的皮肉。这时候，队长走过来，打很远就喊：怎么回事，我看看。大伙都扭头看队长的工夫，直听"轰"的一声，就像一堵墙塌了似的。大伙被惊得"呀"地叫起来，只见滚蹄子马已经倒在地里。它的蹄子无力地蹬踩着，脖子一梗一梗的，嘴里的血沫子出来了一堆，它们落在泥土上，就像硫酸落在生锈的铁板上似的，冒着红色的烟。

队长走上前，上下摸摸马身子，又扒开马眼看了一下，然后站直身子，回过头来说：马死了。

我父亲"哇"一声哭起来，他蹲在地里，身子一耸一耸的，就像个孩子挨了谁一巴掌。

队长说:哭什么哭,日你娘,还没到你哭的时候呢。

然后,在队长吩咐下,不一会儿马车过来了,人们吆喝着,几个青壮汉子,抬腿的抬腿,拖头的拖头,也有揪着马鬃的,就把滚蹄子马弄到马车上。

队长站在马车上喊着:该干什么就干什么去,谁他娘的怠工就扣谁的工分。然后,在人们的目光下,拉着滚蹄子马的马车,拐上了村路。

这时候,不知道谁兴奋地喊了嗓子:兄弟们哪,等着吃马肉吧。于是,地里顿时沸腾起来,人们说着笑着,谈论着茴香、大料、桂皮、花椒,似乎一盆热气腾腾的马肉已经摆在了大伙面前。不知后来谁想到了我父亲,就说:嗨,瘸子呢?大家这才发现我父亲蹲在地上。我父亲的鼻子一抽搭一抽搭的,口里不停地嘟哝着:它不定是得了什么怪病,临死了,我还没头没脸地打了它一顿,我真该死呀我。人们走过来,说:瘸子,你真他娘的厉害,大伙还得谢谢你呢,要不是你,大伙去哪里弄马肉吃,再说了,这两年,在咱瘸子哥的精心照料下,那匹滚蹄子马,真他娘的膘肥体壮呀。

我父亲丢了魂似的站起来,他目光呆滞,谁都不理,刚走了几步,被拉碌碡的绳子绊了一脚,摔了个跟斗，大家笑得前仰后合，弯腰的弯腰，蹲下的蹲下，还有两个年轻人笑得受不了，躺在刚耩上麦子的地里打起滚来。

那天正好是一个星期六，上午一放学，孩子们嗷嗷号叫着冲出教室，因为他们早就知道了滚蹄子马死去的消息。有的孩子隔着窗户看到了拉死马的马车，课间一传播，所有的孩子都兴奋得上蹿下跳。最后一节课是音乐课，年轻的女老师坐在脚踏风琴的后面，她的头上下左右有节奏地晃动着，两条乌黑的大辫子在她的后背上滚过来滚过去，她的口张得就像核桃一样圆。我们也像老师一样晃动着脑袋和身子，我们也把嘴巴张成核桃，我们把内心的激动化作一腔热忱，我们引吭高歌——三大纪律八项注意，我们心猿意马，思绪早就落到了死马身上。

离饲养处还有很远，我们就看到了挂在柱子上的死马，它的四个蹄子往里蜷缩得很紧，脖子被一根弯曲的铁钩子穿进去，硕大的马头稍稍往外偏着，在远处，我们从正面看它，就像是一只串在柳条上的乌龟。走得稍近一些，我们看到屠夫老七，正蹲在一块石头旁磨一把长长的尖刀，嚓、嚓、嚓……偶尔停下来，把几根手指头伸进水盆中，撩一些清水，洒在大青石头上，又时而伸出拇指，把指甲放在刀刃上轻轻蹭上一下。屠夫老七皱着眉，低着头，霍霍磨刀声比那音乐课还要动人。队长、会计，还有村里的几个干部，他们正坐在饲养处门前的凳子上，时间接近正午，太阳明晃晃的，秋天的气息伴随着枯黄的落叶，满地滚动着，一些老人，他们过早地穿上了黑色的棉袄，沿着饲养处的墙根坐成一排，他们揣着手，浑浊的目光掠过队长等人的肩头，盯着不远处挂在柱子上的死马，滚蹄子死马。收工的人们陆续回来，把工具一扔，就点上烟，嘻嘻哈哈地聚在死马旁边看热闹。我看到我父亲，像一个罪犯似的，低着头，一只手拽着耳垂子，站在离队长和会计不远的地方，除了一个坐在墙根下的老头举起拐杖来戳了戳我父亲的瘸腿——显然我父亲是挡住了老人的视线了——再也没有一个理他的人。在阳光下，我父亲光秃的脑门也黯淡下去。

这时候，队长站起来，清了清嗓子，说：人也不少了，下面我说两句，今天呢，队里出了件事儿，大伙也看到了，就是这匹短命的滚蹄子马死了。下面有两个问题：第一，就是这马死得有些突然，经过研究，怕是有阶级敌人破坏集体财物，破坏生产，迫害人民的生命健康，所以，村里决定，派两个人马上去县里防疫站化验马肉。第二，如果化验结果出来说，马肉没有问题，那么就排除了第一种可能，就按人头分肉，人人都有一份。

队长话音刚落，只见屠夫老七站起来，把刀放在胸前的脏围裙上来来回回蹭了几下，并不去看别人，脸上也无表情，他几步走到马前，瞥了眼马屁股下面的大铁盆。此时，周围的人不由地退了几步，嘈杂声也顿时没有了。老七站在马前沉默片刻，像是运气，然后猛一抬头，一刀就捅进马肚子里，只听老七嗯了一声，然后再一提气，刀刃猛地向下滑去，马肚子里"轰隆轰隆"响了几声，老七一抽刀，一挪腿，只见一肚子下水都滚出来，"砰砰"几声落入铁盆之中，随之腾起一股恶臭，正在人们纷纷挥手之际，只听人群外面，有人"哇哇"地叫了几声，那是我父亲，他脸色蜡黄，眼里浸着泪花子，吐得满地都是。正当他踉跄着向外跑时，只听队长喊了一声：刘长贵，哪里去，回来，你就蹲在这里吐吧。我父亲立刻就停住了，刘长贵，他不太相信自己的耳朵，队长竟然喊了他的名字，刘长贵，多长时间没人这样喊过了。我父亲马上就意识到事情的严重性，他只好低着头，脸朝墙，蹲在墙根下面。

随后，老七割下一块下水，又挥刀在马脖子处旋了一下，一块拳头大小的马肉攥在手中，他把它们扔进一个化肥袋子里。接着，两个小伙子把村里的介绍信往兜里一揣，带上马肉骑上自行车奔县里而去。一些人回家准备饭去了，只有孩子们的热情未减，他们围着老七看割马皮，血水湿了他们的鞋子他们都不知道。此时，我母亲已经站在了队长面前，一把鼻涕一把泪地哭诉着，我母亲哭诉的大体意思是：我父亲，瘸子，刘长贵同志，他绝对不是一个坏人，虽然他的成分不是太好，虽然前几年挨过斗，但这些都不能说明他是一个坏人。后来，我母亲干脆说，如果他是一个坏人的话，我早就不跟他在一块儿过了，我们那娘家可是贫下中农啊。会计一手翻着本子，一手扒着算盘子，偶尔撩一下眼皮子；村里的几个干部边瞅着我母亲，边龇着牙笑；队长喝了口水，说：兄弟媳妇，谁说刘长贵同志是坏人了，大家都在等消息，如果没人投毒，事情就简单了，刘长贵同志是打了牲口几鞭子，可几鞭子是打不死牲口的，大伙都明白这个理，这就是说，如果没人投毒，刘长贵同志不但没事，并且还可以吃上马肉，你们说是不是呀？大伙哈哈一笑，都说是啊是啊。队长接着说：兄弟媳妇，赶快回家准备葱花大料去吧。

听完队长的一番话，我母亲不哭了。她擦擦眼泪，扭头就走，因为她心里明白，我父亲投毒的可能性极小，尤其是对这匹滚蹄子马。但她路过父亲身边时，抬腿就给了父亲一脚，说：活该，你个死瘸子。我父亲正面朝墙蹲在那里，这一脚来得意外，我父亲身子向前一趔，一头撞在饲养处的土坯墙上。所有的人都哈哈地笑起来，直笑到母亲没了身影。在人们的笑声中，我父亲拍了拍额头上的土，又重新蹲在墙根下。

接下来是无边无际的等待。因为县城离村子足有三十里路，派去化验马肉的两个人就是骑再快，来回也得多半个下午的时间。实际上，刚一过午，整个饲养处就已经沸腾了，人们打着饱嗝走出家门，拿火柴棍子剔黄牙的，折一段树枝子剜耳朵的，用孩子的废作业本卷纸烟的，蹲在写着"无产阶级斗争万岁万万岁"的代销点门口，笑着闹着唠着嗑儿，眼睛不时地扫向屠夫老七和那匹滚蹄子马。此时，老七的脸上已是热气腾腾，老七脱下了那件黑色的油渍麻花的卡其布褂子，上身只剩下一件龇牙咧嘴的深蓝色秋衣，他手里擎着那把宽背尖刀，过午的阳光似乎都集中在他身上，尖刀游动在马的皮肉之间，发出吱吱的声音，此时，整张马皮挂着血肉几乎就要蜕下来了，肥硕鲜红的马肉在阳光下闪着温暖的光泽，只剩下马头和四只蹄子处的毛皮未动，我父亲给滚蹄子马设计的四只"鞋子"依然倔强地向上伸着，它们的底部被磨得雪亮，犹如四把尖刀指向天空。孩子们更是吱哇怪叫，你追我赶，穿梭在马和老七的周围。有几个老年女人站在远处，她们伸着脖子，绷着嘴唇，表情严肃地向这边瞅来，她们的手里，提着篮子的，端着瓷盆的，还有个老太太扛着一把捞鱼用的大笊篱。我父亲似乎被太阳晒化了，他原本不大的身子骨，此时缩得更小，打远处看过去，还不如队长的拳头大呢。也许他蹲累了，就坐在墙根底下，我父亲穿着一身青色的衣服，蜷着腿，埋着头，弯着腰，躬着背，像是睡着了一样，唯一闪光的地方就是他的那对大耳垂，此时，它们躲在父亲肩头里，像是跟谁生气似的，把小脸涨得通红锃亮。队长、会计和村里的几个干部都不知道躲到哪里去了，几把凳子上坐满了孩子，他们像猴子一样蹿蹦跳跃，有时候，把后面吃草的牲口也惊得一愣一愣的。

就在马皮连血带肉地脱离马体的同时，出工的钟声响了，队长不知什么时候出现在挂着铁钟的树下面。我父亲终于抬起头来，看到人们正往树下集中，正准备起身的时候，会计走过来，说：刘长贵，你就蹲在这里吧，你就不用出工了你。我父亲竖直了的头如同挨了一棒子似的，又歪了下去。

大人一走，孩子们也感到了时间的难熬，这时候有孩子提议，去村头迎接那两个化验马肉的人，并且马上得到响应，轰轰隆隆，眨眼的工夫，孩子们也跑掉了。那些老年女人看到分肉还为时过早，家中还有许多零七八碎的事情等着她们，也就回家去了。整个饲养处猛地静下来。老七最后挥刀卸掉了四只马蹄子后，愣了片刻，一时甚觉无聊，就扔下尖刀抓了把土，搓搓手上的血迹，卷了袋烟，坐在粪堆上抽起烟来。此时，会计跟队长嘀咕了一句，提着账本子，拽起算盘，钻进饲养处的屋里，他肯定闲不着，肯定在计算谁家能分几斤几两肉呢。那些提着马扎子坐在墙根下穿着棉袄晒太阳的老人吃过午饭后，还没有回来，于是整个饲养处就剩下了三个人，抽烟的屠夫老七，喝茶的队长，还有我的瘸子父亲，当然还有那匹挂在柱子上被开了膛扒了皮等待分割的滚蹄子马。

时间被凝固在这个下午，就像皮影戏中的乐器突然不响了，小人突然不动了，可是灯光却依然亮着。

　　当热闹再次来临时，声音首先来自孩子。那一刻太阳已经西斜，变得昏黄暗淡，挂在柱子上的马肉也不再鲜亮，老七躺在粪堆上睡着了；我父亲保持原来的姿势；队长喝茶过多，一遍遍往茅房里蹿，此刻队长正提着裤子钻出茅房，就听到了孩子们的狂呼：回来了！验马肉的回来了！紧接着，十几个孩子一窝蜂似的涌进饲养处，一阵车铃声脆响，两个化验马肉的小伙子风尘仆仆地拐进来，他们面带兴奋，脸庞红润，来到队长面前，把盖着大红印章的化验单往队长面前一递，说：队长，马肉一切正常，绝对可以食用。于是，队长扭身高喊会计的名字，然后吩咐：小二，把秤抬来，小三，去喇叭里招呼一下，叫大伙来分马肉。

　　这时候，下工的人们陆续也回来了，我母亲一听马肉没事，脸上就露出笑容，她回家拿来一个篮子，对我说：你等着分马肉，千万别乱跑，我回家准备一下。这时候，天就快黑了，队长马上吩咐，点上两盏灯来。接着，两盏马灯就亮了。老七站在灯光下面，手里的尖刀不时地反射出光来，队长喊着户主的名字，会计呼出这一家分几斤几两，老七挥刀砍肉，然后过秤完事。

　　长话短说吧，等了半天，我终于听到了父亲的名字。刘长贵，队长高喊。我提着篮子，忙跑上前去，会计已经喊出了几斤几两，就在老七挥刀的瞬间，队长却又喊了一声，刘长贵。我父亲只好走向前来，他缩着脖子，一手按着我的肩头，一手拽着耳垂子。队长两眼放光，声音很低地问：刘长贵，这马肉，你……我父亲愣了愣，忙回答：队长，这马肉，我就不要了。队长马上站起身来，说：怎么能不要呢？要不这样，就把这马头留给你吧。我父亲忙点点头，说，把马头留给我就行了。队长又朝着人群喊：有要马头的没有，丑话说在前面，要马头就不能要马肉了。没有一个答应的，等了片刻，队长怪叫一声，说：还是日他娘的瘸子心眼子多，你们分肉也就分个三斤五斤的，这马头怎么也得有个二三十斤吧，日他娘，这下子瘸子是逮着了。队长顿了顿说：就这样，马头留给瘸子，下一个，下一个是谁？

　　我眼巴巴地盯着父亲，眼泪都要流下来了。在灯光下，父亲脸上的表情异常平静，他光秃秃的脑门上，那个紫色的大肉包非常明显，那是下午母亲踹了他一脚，他头撞在墙上留下来的。我和父亲蹲在墙角的黑暗处，看着影影绰绰晃动着的人影。后来，人影越来越少，最后队长和会计也走了，会计手中提着两盏马灯，队长手里提一根沉甸甸的马腿，一会儿就消失在墙角处，街上猛地静下来，周围立刻被黑暗吞噬。刚才人声鼎沸的空地上，此时，只剩下一个孤零零的马头，清冷的秋风猛地大了起来，空气中流动着一股腥臭的气味。这时候，我父亲打地上站起来，他走向前，瘸着一条腿，弯着腰，瞪着眼，像是在找什么东西，后来他终于找到了，拾起来，抱在怀里，然后弯下腰，继续找。我仔细看去，原来是马蹄子。待找全了四只马蹄子，他来到马头跟前，低下头，把马头也抱起来，然后向一个墙角处走去。原来，那里有一辆小推车，小推车上有粪筐和铁锨，父亲把马头和马蹄子轻轻地放进粪筐里，不发出一点声音。然后弯腰推起小车，一瘸一拐地，向村外走去，一会儿，便消失在黑夜之中。

刘长贵，日你娘，你个猪狗不如的窝囊废，你闻闻，到处都是香喷喷的马肉味儿，孩子们能不馋吗。半夜里，我听到母亲哭着骂父亲的声音，可是稍一恍惚，我又睡着了。后来发生了什么事儿，我就不知道了。

「公鸡的寓言」

1

我们住的院子里有一座高高的煤堆。我们给它起了
个名字，叫黑山。我和臭虫、铁墩，还有一个叫白白的
小黑丫头时常举行登山比赛。最先登顶的总是我。我举
着自制的小红旗站在黑山顶上的时候，心里总是升起一
种自豪感。

有时候，妈妈一边给我洗着身上的黑煤灰，一边龇
牙咧嘴地骂我，骂到气头上，还扇我的脸蛋子。可我还
是禁不住朝在我旁边学习的哥哥陈大宝挤眉弄眼。我这
是朝他示威。陈大宝学习不好，妈妈骂他是块地瓜蛋
子。我们都同样挨妈妈的巴掌，可我们的感受不同。我
在妈妈响亮的巴掌下，那种自豪感就像煤块那么坚硬，
闪着黑油油的光。而陈大宝的脑袋瓜子却像是霜打的茄

子，乌啦吧唧的，蔫得不行。

这种自豪感，一直持续到我和臭虫打架为止。那一天，我依然是第一个冲上黑山顶。我一手举着小红旗，一手抔着腰，抻着脖子嗷嗷地朝臭虫他们叫。叫白白的小黑丫头跌了一跤，啃的满嘴都是黑煤灰。我笑得嘎嘎响，两眼像机关枪似的扫射着气喘吁吁的臭虫和铁墩。

"有什么好笑的。"臭虫阴着脸，一脸的不服气。

"有本事你爬得比我快呀。"我还是扬扬自得。

"有什么了不起，你爸爸跟你妈妈要离婚了，你还笑得像鸭子这么响。"

我愣了一下。我不知道什么叫离婚，但我隐隐约约的，知道离婚反正不是什么好事儿。

我说："你个臭臭虫，你放屁。"

臭虫指着我说："你才放屁呢。"

我气不过，使劲推了臭虫一把。没想到，臭虫像皮球似的滚下黑山去。他再站起来，整个儿变成了小黑人。他站在那里哭起来。

"我们再也不跟你玩了。"铁墩气呼呼地说着，拉起白白的手。

我一个人站在黑山顶上，很失落。可这不能怨我吧，臭虫干吗说我爸爸妈妈要离婚呢。

我看到远处，那只让我们都害怕的雄壮的大公鸡正站在院墙上，它忽闪着翅膀，抖动着火红的鸡冠子，似乎正看着我们这边发生的事儿。

2

"妈妈，这是条什么鱼？"我指着妈妈刚从鱼贩子手里接过来的那条鱼问。

"我也不知道。"妈妈拽起我的胳膊，并没有瞅我。

我看到那条鱼足有我半个身子长，扁扁的，背是棕色的，肚皮雪白，嘴巴很宽，而眼睛很小。那个卖鱼的说这是海里的鱼，我觉得也是，因为我从来没见到这么怪的鱼。我跟妈妈说，就叫它怪鱼吧。妈妈点点头。

妈妈一手提着那条长长的怪鱼，一手抓着我的胳膊。我们穿过弥漫着腥味的鱼市，沿着泥泞的街道，朝回走。刚刚下过一场雨，太阳虽然又从云缝里钻出来，但已变成火红色，它使对面的熟肉店的玻璃变得金光闪闪。那些硕大肥胖的绿头蝇朝这边飞过来。我想它们肯定是在熟肉店里吃饱了肚子，准备飞回到凉爽的土产店里去休息。但我猜错了。它们是朝妈妈飞来的，不对，是朝妈妈提着的那条怪鱼飞来的。它们贪婪地落在怪鱼身上，有一只绿头蝇正扒在怪鱼的眼睛上，还在不停地扭着屁股。它们就像一粒粒的羊屎蛋子在怪鱼身上滚来滚去，并且发出欢快的嗡嗡声。

我心里难受极了。这些可恶的绿头蝇会把鲜亮的怪鱼弄脏的。可妈妈跟没有看到似的。妈妈微微垂着头，头发遮住她的半张脸，她的眼睛既没有看怪鱼，也没有看我，更没有看这乱糟糟的街道，她轻轻皱着的眉头下面，双只眼珠一动不动，我不知道她在看什么。也许，妈妈的眼珠跟别人的不一样，能倒过来，看自己。可妈妈抓着我的那只手，也是软绵绵的，一点劲儿没有。这跟平时可不一样，平时，妈妈总是使劲儿拽着我的胳膊，走得飞快，可今天，妈妈走得比我都慢。

我可不管这些。我只是看到那些绿头蝇落在鱼身上，心里就难受。我一边走，一边悄悄地抬起脚，从妈妈的屁股后面飞起一脚，我的塑料凉鞋差一点就踢在怪鱼身上。绿头蝇们"嗡"一声都飞起来。可紧接着，它们重又落回到怪鱼身上。我接着踢，脚尖总是差那么一点点，就跟父亲踢陈大宝似的，总是把脚飞出去好长，却总是踢不上。陈大宝今年十一岁，上小学四年级，他踢我可不像父亲踢他似的，他总是把我的屁股踢得生疼。

我的塑料凉鞋突然飞出去落在泥水里。我"呀"地叫一声。妈妈这才抬起头，她看一眼躺在水里的塑料凉鞋，猛地便在我后脑勺上拍一巴掌。妈妈气汹汹的模样丑陋极了，就像她手里提着的怪鱼似的。我绷着嘴唇，恐惧地瞪着眼睛，我害怕妈妈再拍我的后脑勺。妈妈没有再拍，她弯下腰去，捡起我的凉鞋，甩了甩上面的泥水，扔到我脚下，让我穿上。

快到矿区小学门口的时候，我一眼就看到了陈大宝。他正跟几个男孩子蹲在地上弹玻璃球。他背上的书包看上去特别大，就像一个乌龟壳似的扣在他背上。

"陈大宝。"我使劲儿喊道。

陈大宝抬起头，朝我和妈妈这边瞅来，他脸上露出惊讶的表情。我知道他是看到妈妈手里提着的那条大大的怪鱼了。可紧接着，他又低下头去，因为有伙伴喊他弹玻璃球。我看到他把玻璃球很潦草就弹出去了。

"陈大宝。"这次是妈妈喊他。

陈大宝只好站起来，一动不动地站在那里，愣愣地瞅着妈妈。

妈妈说："回家吧，晚上我们炖鱼吃。"

妈妈的声音柔柔的软软的。我从来没听到妈妈跟陈大宝这样说过话，我抬起头，盯着妈妈的脸。妈妈微笑着，脸上的皮肤非常舒展，她盯着陈大宝的两只眼睛亮晶晶的，就像陈大宝新买来的玻璃球那么亮。这使得陈大宝僵硬的身体软下来。

"我想再玩一会儿，天还不黑，再玩一会就回去。"陈大宝用手搔着头发。

"别玩时间长了。晚上我们炖鱼吃。"

"嗯。"陈大宝应一声，立刻就像一只青蛙似的趴在地上，一蹦□一蹦□的，很欢快的样子。我心里就不服气，回过头，猛地喊一声："臭陈大宝！"

喊完后，我有些害怕地盯着妈妈，可妈妈就像没听到似的，她还是那么领着我，慢慢地向前走。

走进那扇铁栅栏门，我抓紧妈妈的手，伸着脖子，角角落落地瞅一通。我是看看那只雄壮威猛的大公鸡在不在院子里。我看到大公鸡不在，就撒开妈妈的手，向院子中间的黑山跑去。

"回来，陈小宝。"妈妈在后面喊。

"我去那边等爸爸。"

妈妈没再管我，她径直朝不远处的平房走去。那扇绿色的纱窗就是我们的家。我们住的是煤矿的房子。父亲是矿上一个不大不小的官儿，人们都喊他陈科长。爸爸带着一副宽宽的黑框眼镜，对谁都是笑眯眯的。不过，爸爸这段时间似乎很忙，已经好多天没回家了。买鱼的时候，我问妈妈："是不是今天爸爸要回来？"妈妈点点头。我心里美滋滋的。

天上堆积着大团大团的云彩，晚霞给它们镶上了金边，它们迅速地向远处飘去，就像柴火漂在河面上似的。由于刚下过雨，地面上热气腾腾，我如同蹲在锅里的一个大馒头似的，浑身是汗。我盯着大门口，唯恐一不小心，把爸爸从眼睛里漏掉。

天渐渐暗下去，晚霞也越来越红，我看到陈大宝背着书包，屁股一撅一撅地拐进门来。我把两只手放在嘴上，圈成喇叭状，喊道："陈大宝，陈大宝。"

陈大宝朝煤堆这边瞥一眼，又扭过头去，他像跟我赌气似的，没理我。陈大宝拉开纱门，走进屋。我一下子闻到了鱼的香味，我"霍"一下跳起来，朝家中跑。

这时候，我听到公鸡咯咯的叫声。我回过头，看到那只大公鸡正站在院墙上，它扇动着翅膀，浑身金光闪闪。

3

锅里"咕嘟咕嘟"地响着，热气从锅四周喷出来，香味儿在昏黄的灯光下越来越浓。我的眼睛死死地盯在厨房里，不停地咽着口水，可是，天已经黑下去好长时间了，爸爸还没有回来。趴在桌子上写作业的陈大宝，也不时地扭过头，瞅一眼喷着雪白的热气的锅。

我说："妈妈，鱼炖好了吧？"

妈妈说："再等一等，千滚豆腐万滚鱼嘛，炖的时间越长，鱼就越香。"

妈妈正在收拾衣柜，她把乱七八糟的衣服摆了一床，然后再一件件地叠放整齐。妈妈一边叠着，嘴里一边嘟哝着什么，我只听清了几句，比如像："这是大宝的，那是小宝的。这是大宝冬天穿的，那是小宝秋天穿的。"反正妈妈唠唠叨叨的，说的全是这样的话。昏黄的灯光下，妈妈就像一个七老八十的老太太一样，她把我和陈大宝的衣服分得这么清楚，并且打成一个个大小不一的包袱，就跟要出远门似的。

这时候，陈大宝直起身，伸了个懒腰，他合上书和作业本，把书和作业本放进书包里。他肯定是把作业做完了。他站起来，走到妈妈身边，眼睛滴溜溜地盯着妈妈收拾床上的衣服。过了半天，妈妈才发现身边的陈大宝。妈妈停下手里的活儿，目光落在陈大宝身上。妈妈那目光怪怪的，让我心里特别不舒服。更让人想不到的是，妈妈突然伸出一只手去，轻轻地摸了把陈大宝的脸蛋儿，就像给陈大宝抹眼泪似的。也许陈大宝真的掉眼泪了，让鱼馋的。妈妈说："大宝，是不是饿了？"陈大宝点点头。我看到妈妈的眼睛里有亮光轻轻一闪，天上眨巴眼睛的星星似的。妈妈叹一口气，说："好吧，咱们吃饭。"

虽然我心里很高兴，但我坐在那里没动，我使劲撇撇嘴，我想天底下再也找不到像陈大宝这样不要脸的了，竟然让鱼馋得馋出眼泪来。更重要的是，爸爸还没有回来。妈妈说爸爸今天要回来的。矿上忙，爸爸已经好多天没回家，他也该回来趟看看我们了。妈妈今天买了这么大的一条鱼，肯定是因为爸爸要回来，于是我说："妈妈，爸爸还没回来呢？"

妈妈先是愣一下，然后淡淡地说："咱们不等了。"

我们围着小桌子吃鱼。妈妈给我和陈大宝一人盛了一碗，然后自己又盛一碗。桌子中间放着几个热气腾腾的白面馒头，掠过馒头，我的眼珠只转了一圈，就发现了问题。陈大宝的碗中鱼肉最多，五块，而在妈妈碗中，雪白的鱼汤中间，只露出那么一小块鱼肉。而我碗中能数出来的，是三块。

我嘟着嘴说："妈妈，你偏心，凭什么陈大宝碗里鱼多。"

妈妈笑了，说："锅里好多呢，你就放开肚子吃吧。"

可让我没想到的是，陈大宝竟然从他碗里夹出一块鱼来，抻着脖子弯着腰，放进我碗里来了。我有点儿惊讶看一眼陈大宝，他正龇着牙瞅着我笑呢。他笑得那么灿烂。我的脸腾一下红了。

爸爸进门的时候，我们已经吃罢晚饭。我和陈大宝围着桌子玩跳棋。妈妈坐在床边给陈大宝缝裤子。天有些闷，陈大宝不时擦一把脸上的汗。就在这个时候，纱窗门一响，爸爸走进来。爸爸穿着一件白衬衫，手里提着一个黑色的提包，他愣愣地站在门口，瞅着我和陈大宝，想咧开嘴笑，但没有笑出来。

"爸爸回来喽。"我一下子从板凳上蹦起来，扑进爸爸怀里。

爸爸抚摸着我的头，终于咧开嘴笑出来了。爸爸说："对了，小宝，爸爸给你买了连环画呢。"说着，爸爸拉开提包，从里面拽出四五本连环画。

我举着连环画，兴奋地回过头，却看到妈妈和陈大宝一点儿反应都没有，他们似乎没看到爸爸进来似的。我跑到妈妈身边，说："看，爸爸买的。"

妈妈说："我知道了，你好好看吧。"妈妈头也没抬。

我瞅一眼陈大宝。陈大宝低着头，还在摆弄着手里的那些跳棋。我想了想，还是没有走过去让陈大宝看我手中的连环画。我怕他抢。

我看到爸爸站在屋子中间，一副局促不安的样子，如同到了别人家似的。

"爸爸，你坐呀。"我说，"我们晚上吃的是鱼，妈妈买了一条那么长的大怪鱼，妈妈知道你回来，可是你太忙了，回来晚了。"

爸爸说："是啊是啊，爸爸太忙，不过，爸爸吃过饭了。小宝，来，爸爸教你识字好不好？"

"好，好。"

我心里别提有多么高兴，爸爸自从踢过我那一脚后，可是再也没有教我识过字。

我们坐在桌子旁。我打开爸爸刚给我买的书。书纸滑溜溜的，有一股好闻的香味儿，里面的图画还是彩色的呢。

第一幅画就是红彤彤的天安门，它的后面还放射着一道道的金线，就像站在院墙上的那只扇动着翅膀的大公鸡一样，金光闪闪。

爸爸指着下面的字，开始教我。

"这是'天'，天安门的天。"

我跟着喊："天，天安门的天。"

"这是'安'，天安门的安。"

"安，天安门的安。"

"这是'门'，天安门的门。"

"门，天安门的门。"

……

我记得爸爸的手指纤细雪白，像一个女人的手指；我记得爸爸的眼睛躲在镜片后面，眯成一道缝，却不时地闪出亮光来；我记住了那低矮的平房，昏黄的电灯，小人书上散发出来的墨香，还有那滑溜溜的纸张。

4

我醒来时，阳光已经把屋子塞满了。无数的尘埃在阳光中上下翻飞，屋子里静悄悄的，然而，从很遥远的地方，似乎传来万马奔腾的声音，嘶喊着嚎叫着，像是有许多人正在打仗。我很害怕。我喊："妈妈"。声音就像一只皮球似的，砸在墙上，又弹回来，空洞洞的。我又喊了一声妈妈，可是，屋子里还是静悄悄的。

于是，我哭起来。我突然产生了一种从未有过的恐惧感。我蹬掉身上潮乎乎的毛巾被，爬下床。我光着屁股，哭着去拉门。门并没有锁，一拉，便开了。我推开纱门，走出来。我抹一把眼泪，抬头一看，那只金黄色的大公鸡正站在我面前，它一抻脖子，比我还高，它正凶巴巴地盯着我。我"哇"一声，哭着便向前跑，一边跑一边回头看，可那只大公鸡，像是专门在门口等着我。它扑闪着翅子，在后面追。院子里一个人都没有，我不知道人们都跑到哪里去了。我的哭声足以传出一里路去，我想唤一个人过来，哪怕是臭虫和铁墩也行，可是一个人都没有。我终于趴在地上，那只金黄色的大公鸡，就像小人书上的魔鬼似的，它伸出坚硬的嘴巴，使劲地啄着我的屁股。

这时候，我听到一个"哇哇"怪叫的声音朝这边蹿过来，先是大公鸡"咯咯"地跑掉了，再是有人把我从地上抱起来。我已经哭得没力气。我歪歪头，看到抱着我的是陈大宝。陈大宝脸涨得通红，吭哧吭哧地喘着粗气。

当我趴在床上的时候，陈大宝已经甩掉了背上的书包，他像个大人似的，用热水烫了毛巾。他说："别动。"然后，他便把毛巾捂在我的屁股上。他说："都拧肿了。"

我哭着要妈妈。陈大宝坐在椅子上，低着头，不吱声。

我说："陈大宝，妈妈呢？"

陈大宝摇摇头说："不知道。"

陈大宝想了想，又接着说："小宝，你不知道，爸爸跟妈妈离婚了。"

说完，陈大宝便低下头，嘤嘤地哭起来。

我不知道什么叫离婚。但我看到陈大宝哭了，便从心里害怕，一害怕，我自己却忘了哭。

我说："陈大宝，你别哭，你别哭。"

陈大宝却哭得更来劲，他一边哭一边说："妈妈和你一会儿就要走了，你们要回农村了，你们要回姥姥那里去了。我也想去，可是人家把我判给了爸爸。我没有妈妈了。"

过了好半天，陈大宝才停住哭声。陈大宝用给我揩屁股的毛巾使劲儿抹了把脸。我一下子笑了，我说："陈大宝，你咋用揩屁股的毛巾擦脸。"陈大宝没有笑，他像个大人似的开始给我穿衣服。

我说："陈大宝，离婚到底是咋回事儿？"

陈大宝嘟着嘴说："以后，咱们就不是一家子了。"

我一听，觉得陈大宝是胡说八道。昨天晚上，爸爸还教我识字呢？不过，我还是隐隐约约地感到有点儿不对劲儿。于是，我不再说话。

这时候，妈妈推门回来了。

我说:"妈妈,公鸡啄肿了我的屁股。"

妈妈走过来,看了看我的屁股,没说话。接着,我看到爸爸又走进门来。

我说:"爸爸,公鸡啄肿了我的屁股。"

爸爸眯着眼笑了,他说:"打死它,这只坏公鸡。"爸爸走过来,摸了摸我的头。

妈妈打开柜子,把几个包袱提出来。

我说:"妈妈,你和爸爸是不是离婚了?"

我看到爸爸和妈妈都同时瞪大眼睛,他们谁也没说话。妈妈提起包袱往外走。

爸爸说:"小宝,你要看姥姥去喽。"

我说:"爸爸,以后我们还是一家子吗?"

我看到爸爸一下子愣在那里,他的眼圈红了,他有点儿生气地说:"别胡说八道。"

5

爸爸开来一辆绿色的三轮摩托车,就是电影上日本鬼子开着进村的那种。摩托车还没有停稳,我就蹿上去，爬进旁边那个像一只大鞋子似的车斗里。我站在里面，兴奋地扠着腰，挥着手，像一个将军一样指挥着妈妈把几个包袱塞进去。

"好了吧。"爸爸问妈妈。爸爸缩着脖子，样子低三下四的。

妈妈看也没看他，更没吱声。她拍打几下自己的衣服，便贴着我的身子坐下来，车斗里立刻便挤了。我还想说什么。妈妈拍了我一下，没好气地说："坐下。"

这时候，我看到陈大宝一迈腿跨坐在后面的那个座位上。爸爸一斜身子，腿一用力，摩托车突突地响起来。我立刻闻到一股好闻的汽油味儿。爸爸说一声都坐好，摩托车便"忽哧"一下蹿出去。

不知道为什么，我心里有一股说不出来的兴奋，我回头看了看这个空旷的大院，还有院子中间的那座黑山。黑山对我来说，已经产生不出那种自豪感了。我觉得我并不喜欢这里。

摩托车跨出铁栅栏大门的时候，我又听到公鸡的叫声。我回过头，透过妈妈的腋窝，看到那只雄壮的金色的大公鸡正站在院墙上，朝着我们伸动着脖子，它的头顶上面，那巨大的冠子红得如同一团正燃着的火焰。我害怕极了。我缩着脖子，几乎不敢睁大眼睛去看它。

矿区的街道上尘土飞扬。煤矿小学的操场上，学生们正随着高昂的乐曲做课间操。今天，陈大宝肯定是逃学了。要是以往，爸爸会飞起脚来踢他的，妈妈也会毫不客气地给他一记耳光。可是现在，他坐在我和妈妈旁边，两手搂着爸爸的腰，脑子里不定正想着什么。

我想要是光这样多好呀。爸爸开着摩托车，载着我们一家子，去市里的动物园看猴子。可是我和妈妈就要坐上火车，回农村老家去了。陈大宝说爸爸和妈妈离了婚，我们就不是一家子了。可此时，我坐在妈妈怀里，怎么想怎么还是一家子。

摩托车路过鱼市时，我想起昨天下午，我和妈妈在这里买的那条怪鱼。那条怪鱼真是怪怪的，自从见到它后，所有的事情也都变得怪怪的了。

天突然变得阴沉沉的，大团大团的黑云彩往一块儿聚集。摩托车到达火车站时，空中已经传来隐隐的雷声。

爸爸停下摩托车，提起那个黄绿色的大帆布包，想要把我们送进站去。而妈妈死活也不让他送。妈妈像是跟爸爸打架似的，从爸爸手中夺过帆布包，背在自己身上。爸爸站在那里，双手不停地揉搓着，很尴尬的样子。

妈妈回过头，走到陈大宝身边。陈大宝还坐在摩托车座上，耷拉着脑袋，一声不吭。妈妈站在那里愣了片刻。这时，站里猛地响起长长的汽笛声，紧接着，天上像老头打呼噜似的传来一串闷雷。妈妈伸出一只手，轻轻地在陈大宝脸上抚摸了一下。陈大宝把头垂得更低了。妈妈上下嘴唇不停地哆嗦着，似乎想说话，但就是说不出来。最后，妈妈猛地一拧身子，冲到摩托车这边，拽出斗里的两个包袱，另一只手抓起我的手腕子。

我和妈妈跟跟跄跄的，几乎是跑进火车站的。妈妈肩上背着大帆布包，一只手里挎着两个包袱，另一只手紧紧地抓着我。她使劲地向前冲，似乎火车就要开了似的。我跟在妈妈屁股后面，不时地扭过脖子看一眼爸爸和陈大宝，我看到爸爸和陈大宝如同被孙悟空施了定身术，他们愣愣的，一动不动。

我一下子看到了那个硕大的火车头。它黑黑的，白色的蒸汽不时地从它身子下面喷出来，发出的声音就像大人擤鼻涕，一个胖胖的列车员提着大大的铝壶从月台上慢悠悠地走着，那姿态活像一头大猩猩。

我记得就是这个时候，我突然摔倒在地。妈妈放下包袱，把我从地上拖起来。我们又重新向前走。我一瘸一拐地说："妈妈，我脚疼。"我龇着牙，可怜巴巴地瞅着妈妈。我想当时，那肯定是装出来的。妈妈皱着眉头，瞥一眼远处的钟楼，用袄袖子擦了把脸上的汗水，猛地蹲下来，说："上来。"

于是我趴在妈妈的背上，搂住妈妈的脖子，旁边就是那个大帆布包，它不时地挤我身子。我下巴颏抵在妈妈的头发上。妈妈的头发里有一股呛人的汗酸味儿。我偏了偏头，看见一排排红色的车轮从眼前缓缓地滑过。接着，又是火车长长的汽笛声。

就在这时，妈妈想起了什么似的，突然停下来。她缓缓地转过身。我看到，在火车站的进站口那里，陈大宝正抻着脖子，双手掰着铁栅栏，瞪着一对大眼睛往这边瞧。也许他看到了停下来的妈妈，便朝这边挥了挥手。

我说："是哥哥。"

6

我和妈妈坐进车厢。妈妈的眼睛一直盯着窗外，看上去很疲惫。我探头探脑，对周围的东西都很好奇，并且盼望着火车快点开。

　　就在这时候，车厢的喇叭突然响起来。先是发出一阵□□啦啦的声音，接着就是喊妈妈的名字，让妈妈赶快到车站门口，有紧急事情。妈妈先是愣了片刻，接着便慌了神。她站在那里，瞅瞅行李架上的包袱，又瞅瞅我，由于火车很快就要开了，她一时不知道怎样才好。

　　刚才在站台上那个提着大铝壶、长得像大猩猩似的列车员突然闯进车厢，他喊一声妈妈的名字。妈妈刚一答应，他便像老虎似的扑上来，一把将我抱起，接着朝妈妈喊道："快跟我来。"

　　一种不祥的感觉紧紧地抓着我，我乖乖地趴在大猩猩列车员的肩头上，恐慌地盯着跟随在后面的妈妈。我看到妈妈一手提着一个包袱，迈着腿，踮着脚尖向前跑，像是尿到裤子里的模样。

　　拐过车站门口挡人的铁栅栏，我看到车站广场那边黑压压地围着一些人，爸爸开的那辆绿色的三轮摩托车停在一边，但我看不到爸爸和哥哥陈大宝。

　　远远地，我便听到人们说来了来了。接着，便自动让出一道豁口。透到这道越来越宽的豁口，我看到陈大宝躺在地上，爸爸低着头，蹲在他身边。

这时候，天空轰隆隆滚过一阵雷声，开始落下雨点。我"呀"地叫了一声。我看到了陈大宝脸上的血。

妈妈肯定也看到了，她的腿一下子软下来，她几乎是跪着爬到大宝身边的。她嘴里拼命地喊着："大宝大宝，我的儿，大宝大宝，我的儿……"

爸爸显得非常慌张，他说话颠三倒四："坐着好好的，咋就摔下来了呢？你们多亏还没走，咱马上就去医院……"

我哥哥陈大宝似乎是听到了妈妈的声音，他一直闭着的眼皮慢慢地睁开了。他终于发现，此时，自己确实是偎在妈妈怀里。他嘴角兴奋地抖动着。

我听到陈大宝说："妈妈，这下子你不会走了吧。"

我哥哥陈大宝的声音很小，也许只有我和妈妈听到了。在妈妈的眼泪噼里啪啦地落下来的同时，我听到火车长长的汽笛声，可是，我脑瓜子里，呈现出的却是那只站在院墙上的大公鸡，它金光闪闪，引颈高歌。

「我们分到了土地」

1

那天早晨醒来后，我听到马儿咴咴的叫声。从被窝里爬起来，透过蒙蒙的窗子，我看到我们家院子里的枣树下面拴着一匹马。马是枣红色的，正垂着脖子啃一捆秆草。枯败的枣树枝条上挂满白霜。秆草湿漉漉的。马鬃也湿漉漉的。马儿抬起头，朝窗子这边看了一眼。我这才感觉到冷，我发现自己还光着身子。

那是一个深秋的早晨。

我穿好衣服，来到院子里。爷爷蹲在离马儿不远的地方，他抱着烟袋，几乎是蜷缩着坐在那里，他瘦小的身子骨那么一缩，就像一个长年蹲在屋檐底下的咸菜缸子。刚才在窗子后面，我没有看到爷爷。这时候，爷爷看到了我，也许他看到了我眼里的迷惑。

爷爷说："咱家的马。"

爷爷的喜悦之色再也无法掩藏，他突然不自觉地乐了，乐出声音来，他的每一道皱纹里都乐出声音来。

我闻到一股淡淡的马粪味，就像这深秋的早晨一样清凌凌的。

我说："这不是咱家的马。这是生产队的马。"

爷爷的喜色已经收敛，他不再理我。他的目光集中在马上。这时候他站起来，抓起立在墙边的扫帚，一下一下地扫起马的身体，草屑和土块纷纷落下。有一根马毛飘起来，飘得很高，它从枣树的树杈间穿行，闪着金色的光。

太阳升了起来。

我说："爷爷，这下我有马骑了。"

爷爷说："马可不是叫你骑的，马是来犁地的。"

我说："我们家没有地。"

这时候，我听到母亲在院子外面喂猪的声音。我觉得我该去上学了。

我说："我该去上学了。"

爷爷说："今天不去上学了。"

爷爷并没有瞅我，说这话的时候，还在给枣红马清扫着身子。

我说："今天不是星期天。"

爷爷说："不是星期天也不去上学了。"

母亲从外面走进来，手里提着泔水桶，她看到我站在那里愣神，就说："刘长江，你还不去上学，你看现在都什么时候了，太阳都一扁担高了，你还不去上学。"

我说："今天不去上学了。"

母亲说："今天不是星期天，为什么不去上学？"

爷爷放下手里的扫帚，他一边往烟锅子里摁着烟末，一边说："今天分地，今天不是星期天也不去上学了。"

接着，爷爷擤出一把鼻涕，随手甩在潮乎乎的院子里。

爷爷说："等一会儿去生产队分地，抓阄儿。你看看我这双手，糙得跟锅底似的，你看看。"

爷爷叼着烟袋，伸出一双大手来。

爷爷说："我想让刘长江抓，他手干净，脑子也干净，没有私心杂念；刘长河不行，刘长河是老二，老二不能抓；要说老小也行，可是老小，刘土地，他脑子不灵。我想了想，还是刘长江抓。"

母亲愣怔片刻，说："那就不去上学了。"母亲听到刘土地的哭声，放下泔水桶，进屋去了。

爷爷让我去换一件干净衣服。我不太情愿地去了，我不喜欢穿干净衣服。一会儿抓阄儿的时候，那么多人盯着我。我不自然。我已经十三岁了，我觉得一个十三岁的人，穿着新衣服去抓阄儿，肯定会被别人笑的。但我还是换了，因为我可以不去上学了。抓完阄儿后，我可以去村东的苹果园里坐上一会儿，看看有没有野兔子的行踪。

换好衣服，我重新回到院子里，看到刘长河正站在爷爷跟前。

刘长河说："爷爷，刚才我去解手了。"

刘长河从来不说拉屎屙尿一类的词儿，他对谁都说他去解手了，虽然他只有九岁。他把头发向后梳得很整齐，并且用水顺过，头发紧紧地贴在他的脑瓜皮上。我知道他是在学习村南的马东。马东是镇上兽医站的兽医，人能把整个胳膊伸进牛屁股里，可他的头发从来都不乱。

刘长河说："你跟刘长江说的话我都听到了。"

爷爷说："你还不去上学？太阳都一扁担多高了，你还不去上学?"

刘长河说:"我也不去上学了。刘长江不去上学我也不去上学。"

爷爷说:"刘长江不去上学他去抓阄儿,你不去上学你去干什么?"

刘长河说:"我也去抓阄儿,刘长江能去抓阄儿,我为什么就不能抓阄儿?"

爷爷说:"刘长江是你哥哥。"

刘长河说:"那我换名字算了,我叫刘长江,他叫刘长河。我叫刘长江,我就是他哥哥。我是他哥哥我就可以去抓阄儿。"

母亲领着刘土地从屋子里走出来,母亲说:"刘长河,你较什么劲啊你,你再不去上学,我揍扁了你。"

刘长河说:"刘长江不去上学我就不去上学。"

母亲说:"刘长江不去上学他去抓阄儿,你不去上学我揍扁了你。"

刘土地看到母亲发火儿就嘿嘿地笑。刘土地的下嘴唇非常宽阔,就跟土地一样宽阔。刘土地笑着对母亲说:屙屎。

大家都知道,刘土地说拉屎的时候,屎就已经拉到裤子里了；刘土地说屙尿的时候尿也已经撒到裤子里了。大家都知道，母亲又要扇刘土地的耳光。"啪"的一声，刘土地的左脸红了。刘土地就哭。

刘长河说："揍扁了也不去上学。"

爷爷说："不去就不去吧，今天分地，你们都去，老天爷一看人多，就能分给咱们好地。"

我躲在爷爷身后，尽量地缩着自己的肩膀，我怕前面的人看到我。那件深蓝色的学生装很硬很板，就像牛皮纸做的一样。我的脖子开始不舒服起来，来回蹭几下，反而更厉害了。刘长河领着刘土地跟在我的身后，刘长河也换上一件干净的衣服，他过于俊俏的脸跟我们的弟弟刘土地形成强烈的反差，这时常令我们的母亲李秀英悲喜交加。每当有人对刘土地过于关注的时候，我们的母亲李秀英就指着刘长河说："这是我的儿子刘长河。"现在，母亲正在家里洗我们的衣服，照顾我们家的枣红马。

我们跟在爷爷身后，穿过一条条小巷，绕过一座座猪圈，浩浩荡荡地向生产队的饲养处走去。刘长河在后面唱着歌，我知道，这是那个拐子老师教给他的，几年前我也学过，现在我已经忘了歌词。刘长河声音洪亮，字正腔圆。刘土地就像他的战友一样，被他拽得东摇西晃。刘土地的嘴里也在唱，不过，那属于他自己的歌，谁也不会听懂的。

饲养处里已经没有牲口，它们被人们带回各自的家中，草料里开始增加营养，鞭子即使落在身上，也变得软弱无力，它们开始过幸福生活。在饲养处空旷的大房子里，一排排整齐的木槽里空空荡荡，显得清冷许多。木槽里的板子被牲口的舌头舔得光滑明亮，现在，它的里面坐满来抓阄儿的人们。人们坐在里面抽着烟说着话，几个半大不小的孩子双手挂在木槽上面拴马缰绳的柱子上，就像镇中学的学生们在上体育课。我坐在门旁的一块石头上，周围依然弥漫着浓重的马粪味儿，我看到刘长河已经爬进木槽。刘土地在下面急得呱呱直叫，他的鼻涕已经伸进嘴里，在那宽阔的下嘴唇上扭动着，就像流淌在平原上的两条小溪。

爷爷说："刘长河，你给我下来。"

刘长河说："他们都坐在里面。"

爷爷说："他们都坐在里面是等着抓阄儿。"

爷爷正想过去把刘长河抓下来的时候，队长从里屋走出来，后面跟着张会计和王测量员。爷爷就立在了那里。

队长说：“大伙静一下，都到齐了吧？还有没到的吧？没有了是不？咱马上就抓阄儿，抓完了阄儿咱就去分地。看到这斗了吗？原来它是分粮食的，现在咱用它来分地，里面放的是号码，念到谁，谁就抓，只准抓一下子。嗳，孩子也来了不少，不管是大人孩子，就只准抓一下子。”

队长怀里抱着一个柳条大斗，他的目光很快从我眼前闪过去了。这时候有人喊：“有没有弄虚作假？”

队长说：“头朝下，谁要弄虚作假谁头朝下，他妈的屄一个。”

爷爷来到我身边，他伸出粗糙的手掌把我拉起来，拍打着我的衣服，把手掌放到我的后脑勺上，说：“斗里是纸团，你不要看，你闭着眼抓一下就行。”

会计开始点名，整个房子里静下来，我看到我的邻居高台阶走过去。我喊他台阶叔，他不过二十一二岁，有个小女儿，叫小芹，刚刚会跑。他已经跟父母分家过了，所以他是代表他老婆张春梅和女儿小芹过去抓阄儿的。高台阶长得高大黑壮，平时喜欢跟人掰腕子，总赢，不过今天，我看到他把手伸进斗里去的时候，抖得厉害。当他把纸团攥到手里，轻声地骂了声操他娘。

我不由地紧张起来，耳朵里塞满马嚼草的声音，心里有野兔子蹿来蹿去，我想我的同学们现在正坐在教室里，听花蝴蝶女老师讲解神笔马良的故事。明年我就要考初中了，考上初中我就要到镇上中学里去上学，像那里的学生一样在单杠上吊来吊去。我觉得爷爷把我的手攥得越来越紧，我能闻到爷爷的粗布衣服里散发出来的热烘烘的鲜腥味儿。

"刘小鸥。"

爷爷的手哆嗦一下。刘小鸥是我爷爷的名字。我爷爷刘小鸥片刻之后把我推过来，他的两手就像树叶一样落在我的肩头，软弱无力。我听到刘长河喊我的名字，他说：刘长江你不能过去，凭什么让你刘长江……我知道是爷爷堵住了他的嘴巴。我听到刘土地放声大哭的声音，他只有六岁，可他哭起来的声音却像六十岁的老人。

我把手伸进去，像爷爷嘱咐我的一样闭上眼睛。我摸到一粒纸团，它潮乎乎的，凹凸不平，就像兽医马东的女儿马宁宁攥在我手里的纸团一样潮乎乎的，凹凸不平。马宁宁个头比我还高，坐在我后面，她总喜欢用铅笔戳我的脖梗子。有一次她趁花蝴蝶女老师回头写字的工夫，把一粒纸团塞进我手里，上面歪歪斜斜地写着几个铅笔字：你知道爱是怎么回事吗？我的脸马上就红了，浑身痒得厉害，就跟现在一样。我知道我出汗了，热气腾腾地出汗了，在这个深秋的上午。

还没等爷爷回过神来，我就展开纸团，我看到了一个粗壮有力的"1"，心里不禁"扑通"一下子。我一直把这个数字看得十分高大，时时刻刻在追求它，我想学习是"1"，我想个头是"1"，我想体育是"1"，我处处都想是"1"。此时，我手里攥着这个"1"字，激动万分，以至我爷爷刘小鸥跑过来，把纸条拿到他手里时，我还没有从这个"1"中回过神来。

这时候，抓阄儿结束，三十多个小纸团已经来到人们手中。爷爷刘小鸥双手抻着那张小小的纸片走到队长面前，说："队长，你看看；队长，你看看。"

队长一看就乐了，说："刘小鸥，你的孙子真疼你，上来就给你逮个第一，以后你就第一下去了。"

爷爷说："这是啥意思？"

队长说："分地的时候你就知道了。"

我想我的任务已经完成，该松口气了，于是就想松一口气，但我还没来得及喘过气来，屁股上就挨了一脚。刘长河在后面喊："操你妈刘长江，凭什么好事都轮到你头上，凭什么好事都是你刘长江的。"比我矮一头的刘长河怒目圆睁，他的屁股后面跟着比他矮一头的刘土地。

我不愿意理他们，我感到很累，我想去村东的苹果园，我想坐在苹果树下面歇一歇，我也不想再去追什么野兔子。所以我回过头，走出马粪味儿熏天的大房子。走出饲养处时，我还能听到刘长河的叫骂声和刘土地的哇哇怪叫。

2

那个傍晚，我放学回家后，书包都没有放下，就跑进西偏房内，我叫它"小饲养处"。马儿正嚼着草料，前蹄时而敲一下干硬的地面，发出"咔咔"的声音。槽子是爷爷连夜垒起来的，现在它依然散发着麦草和泥土的味道，它们混合着淡淡的马粪味儿，让人感到这间一向清冷的房子有了生机。我想我得给马儿起个名字，起个我喜欢的名字。

我听到母亲拉风箱的声音，她正在做晚饭，屋子里充满黑烟，母亲的身子在黑烟中时隐时现。

"刘长江，你死到那里干什么刘长江！"

显然母亲是看到我钻进西偏房，她才这样喊我。也许母亲喊我好几声了，我正在给枣红马想名字，我没有听到。

"刘长江，你听到了没有？"

"有话你就说吧，我这不站到这里了吗。"我站在院子里，看到红彤彤的太阳把枣树枝照得像染了颜色。

"你看看哪儿的风？"母亲的声音从黑烟里钻出来，有些嘶哑。

我抓起一把干土，然后往头顶上一扬。

我说："西北风。"

母亲说："你上房顶，把烟筒上那两块砖头挪到北面去。"母亲边咳嗽边喊。

我爬上我们家的土房子，然后把那两块砖头挪到北面去，炊烟马上就从烟囱里钻出来。

虽然屋顶上风很大，但我还是想在上面多待一会儿，我看到太阳红得就像徐家铺子的油炸糕；我看到村北枣树林里有一个扛着猎枪的人在追赶野兔子，他的前面有一条黑色的猎狗；我看到村西马颊河大坝就像课本上的长城一样拐了个弯儿；我看到村南的土路上，卖豆腐的刘迷糊正推着小车往村里赶；我看到槐树底下刘长河跟几个小孩子正玩一种叫"骑马"的游戏，刘长河当"柱子"，一个男孩弯着腰，把头钻进他的裤裆里，另一个男孩子从十米外跑过来，一跃就骑在他的背上。此时，只见刘长河大叫一声，那两个孩子就趴在了地上。刘长河弯着腰，两手捧着裤裆，显然是把他的蛋子撞疼了。我看到刘土地正坐在猪舍里，跟我们家那头白色的大肥猪友好地说着什么。我看到高台阶的老婆张春梅正扭着圆圆的屁股追赶她家的一只母鸡。太阳越来越红了，有一半已经扎进枣树林子。我看到炊烟罩住了整个村子。我想到了这个村子的名字，它叫齐周雾。

"刘长江，你死到上面干什么你不下来？"母亲在下面喊我。

我没有回答。我悄悄地从梯子上溜下来。这时候，我母亲正站在院子里收拾她洗过的衣裳。母亲的脸庞红彤彤的，在夕阳中她依然年轻。

母亲说："刘长河呢？"

我说："他在槐树下面玩骑马。"

"该死的。"母亲接着说，"刘土地呢？"

我说："刘土地在猪舍里抠猪耳朵呢。"

"该死的，"母亲说，"你爷爷呢？"

我说："我没有看到爷爷。"

母亲说："你去找找你爷爷，饭熟了，你喊刘长河回来吃饭。"

我说："我去找爷爷，我喊不动刘长河我不喊。"

母亲说："你不喊谁喊，你喊他，他不回来我揍扁他。"

我们的母亲李秀英发怒了，她说："翻天了他。"

我来到槐树下面，我说："刘长河，回家吃饭去了刘长河。"

刘长河不理我，我知道他还在生我的气，他没抓上阄儿就怨上我。

我说："我告诉你了刘长河，你不回家吃饭挨揍别怨我。"

说完，我就向南走去。天已经变得灰蒙蒙的，这时候，羊和鸭子的叫声特别响亮。我看到高台阶正饮牛回来，他们家分到了牛。他一手提着木桶，一手牵着牛缰绳。

我说："台阶叔，你看到我爷爷了吗？"

高台阶说："分完了地我就没看到他，他是不是在饲养处？他喜欢在那里晒太阳。"可太阳早就落下去了。

我想了想还是去了饲养处。饲养处的院子很大，以往，这里是最热闹的地方。这里有三盏电灯，把整个饲养处照得亮堂堂的，但是现在，饲养处黑乎乎的，静悄悄的，一点儿亮光都没有，我有些害怕，就拐出来。

我看到了马宁宁。马宁宁推着一辆半新不旧的自行车，走起路来趔趔趄趄的。马宁宁也看到了我。

"干什么去呀刘长江？"

我说："我去找我爷爷。"

马宁宁说："你爷爷又不是不认得家，你找你爷爷干什么？刘长江，上午你为什么没去上学？"

我说："我分地去了。"

马宁宁说："有你爷爷你去分什么地呀。"马宁宁的眼睛直勾勾地盯着我，不知道从什么时候开始，她变得比原来漂亮多了。我害怕跟她面对面地说话。

我说："我找我爷爷去了。"

马宁宁说："你站住，刘长江。"

我说："干什么?"

马宁宁说："我知道你不会骑自行车,明年咱们就升初中了,升上初中就得去镇上的中学,咱们得骑自行车去上学,以后咱们一块儿学骑自行车好吗?"

我说："以后再说吧,我找我爷爷去了。"

拐过一个墙角,我听到机磨坊里的机器声。我看到张会计推着一口袋面粉从里面走出来。我说："张会计,你看到我爷爷了吗?"

张会计被我的声音吓了一跳,他躲开磨坊里射出来的灯光,仔细看了看我的脸。

他说："原来是刘小鸥的孙子。"

张会计说: "下午量地的时候,我看到你爷爷哭了。"

我说："我爷爷为什么哭?"

张会计说："因为你们家分到了五块地头子。叫谁谁不哭?叫我我也哭。"

说完,张会计就走了。

我走下一个坡,然后沿原路回家。我想爷爷现在肯定正蹲在院子里抽烟。于是我一进门,先找黑乎乎的院子里那一点红红的火头。可是,我没有找到,我听到枣红马在西偏房里甩尾巴的声音。我走进西偏房，发现枣红马的两只眼睛在黑暗中尤其明亮。

"找到你爷爷了没有？"母亲说。

"没有。"我说，"我爷爷下午哭了。"

母亲把咸菜端上桌子，稀粥和窝头还热在锅里。刘土地把手伸进咸菜碗，他说："吃菜。"母亲没有理他，母亲说："你爷爷为什么哭？"

"张会计说，我们家分到了五块地头子。"

"五块地头子？"母亲说，"上午你抓了个几？"

"我抓了个第一呀，队长笑着对爷爷说，往后，我们家就第一下去了……"我还没有说完，母亲就给了我一个耳光，我眼前立刻升起一团金色的星星来。不过，母亲没有再打我，也没有骂我。她把饭和菜端上来让我们吃着，就走出去。刘长河、刘土地他们呼噜呼噜地喝着稀粥。看到母亲走出去了，刘长河放下碗，"哧哧"地笑起来，说："刘长江，叫你抓，挨揍了吧。你寻思好事还都是你的了。"

刘土地也跟着刘长河笑起来，刘土地说："叫你抓。"

半夜里，母亲把我叫起来。母亲的脸在昏黄的灯光下有些苍白。她说："刘长江你起来，穿上衣服跟妈一块儿找爷爷好吗？"

我看看柜上的座钟，都十二点半了，爷爷还没有回来，不知道为什么我突然害怕起来，有一种说不清道不明的东西，就像糯米糕似的堵在心里。我一边穿着衣服，一边想哭。

母亲说："快点穿。"

我拿着手电筒，跟在母亲身后。村子里静极了。如果有动静的话，那是风吹过树枝的声音。初冬的天气有些寒，我看到母亲还穿着单薄的褂子，我发现母亲在黑夜中矮了许多。

母亲来到本家二爷爷的屋前，本家二爷爷家的窗子黑洞洞的；母亲来到队长家的门前，队长家的大门已经插上了；母亲领着我转了大半个村子，和我又回到家里。

母亲说："都睡了，整个村子就跟死了似的。"

我从爷爷睡觉的屋子里走出来，我说："爷爷还是没有回来。"

母亲说："睡觉吧，睡醒觉，爷爷就回来了。"

于是，我和母亲又重新回到床上去。母亲没有脱衣服，我也没有脱衣服。我听到刘土地磨牙的声音。我听到床下老鼠打架的声音。我听到母亲翻身的声音。我听到外面狗叫的声音。

母亲说："睡着了没有刘长江？"

我说："没有。"

母亲说："我们到地里去看看吧。"

我说："嗯。"

母亲说："害怕是不是？"

我说："嗯。"

母亲说："怕什么，我们两个人呢。"

我和母亲又从床上爬起来，还是我打着手电筒，母亲走在前面。我们穿过黑乎乎的胡同。我们走过黑乎乎的街道。天上的星星亮晶晶的，它们一动一动，就像野兽的眼睛。它们能吞掉手电光。它们能引起狗的叫声。

母亲说："忘了给牲口添些草料。"

我说："我已经添了。撒尿的时候给它添的。"

我们走出村子，穿过一座土桥。我看到了熟悉的枣树林，我知道那里面曾经有人上过吊。我们沿着小路向前走。两旁全是蔫巴巴的麦苗子，它们在白天是绿的，到了夜里就跟夜一样的黑。

我说："牲口是不是不睡觉？"

母亲说："我不知道，你等着问你爷爷吧。"

我们来到七号方。我们生产队有五块地，分别叫七号方，李家坟，南岗子，北菜园，苜蓿地。我们来到了七号方。

我喊："爷爷！"

我的声音就像砖块沉进水塘里一样沉进黑夜里。

"别喊。"母亲说，"招魂呀。"

我们从北地头走到南地头，看到的全是土坷垃和麦苗子。我们又向东走去，我知道前面不远就是南岗子，南岗子的北面有一口很细很细的水井，人只要进去是翻不过身来的。我们来到南岗子，又从南地头走到北地头，看到的除了土坷垃就是麦苗子。我用手电照了照有井的那面，黑乎乎的，什么也没看见。我们又向北走去。我的身上开始冒出汗来，先是热气腾腾，后是清冷冰凉。我知道前面就是李家坟了，头发禁不住一阵阵发麻。我知道李家坟有一片坟地，坟地中间有三棵枣树，如果有人敲一敲树干，蛇就会从坟里钻出来。

"歇歇吧，我累了。"

我觉得身上冰冷冰冷的，一点劲儿也没有。母亲在前面走得很快，我几乎赶不上她。

"歇一会儿吧，我走不动了。"

"歇什么歇，深更半夜的，谁在这野地里歇脚。"

"我走不动了。"

"走不动也得走。"

借着手电筒的光，我看到母亲的额头上全是汗水。她的两只手就像划船似的不停地摆动着，好像舍不得揩去脸上的汗水。母亲的脚下长着鸡眼，在后面看过去，走路就像跛子一样摇摇晃晃。

"干脆把手电关了，你看你甩来甩去的，弄得人心里发慌。"

于是我关掉了手电筒。我的脚下就有些乱套。我摔了个跟头，发现地里多了一道道的土坎。在星光下，那三棵枣树就跟三个人一样，那一座座的坟头连成一片，黑黢黢的，就像外国童话里那冷森森的古堡。

母亲突然说："你还记得你爹吗？"

我一愣，说："我没有爹。"

母亲说："你有爹，他叫刘大海，现在他正在城里的被窝里搂着那个骚娘们睡大觉呢。"

我说："我没有爹。"

实际上我是有爹的。我知道他不要我们了，他在城里又找了女人，就不要我们了。我还记得那年的事情，我大概有刘长河这么大，那年我爹经常从城里回来，他白白胖胖，脸比徐家铺子里炸油条的徐家丫头还白。他不理我们，哦，那年还没有刘土地。他不理我们，他不是捂上被子睡大觉，就是站在枣树下面发呆。队里分了地瓜，母亲一趟趟地从地里扛回来。他站在枣树下面。母亲扛着一口袋地瓜，把腰板挺得直直的，从他的身边走过来走过去，好像想证明什么。但他并没有瞅一眼母亲。刘长河因为吃到他买来的糖块，于是就想表示亲热，刘长河趴在他的腿上，两只眼睛向上瞅着他。刘长河似乎在想一些问题，嘴巴里的口水就淌出来，流在他的毛料裤子上。他大叫一声。我就看见刘长河飞了出去。

我爷爷说："你永远也别回来，我没有你这个儿子。我没有儿子，我只有孙子。"

于是他就再也没有回来。

我们绕过那片坟地，来到北地头。我知道北地头下面，是一大片水湾，夏天，那里面长满水草。我们在里面逮小鱼，捉青蛙，有时候能看到水蛇像箭头一样在水面上飞来飞去。我还不知道水湾夜里的样子，于是我往那边抻了抻脖子。

母亲说："你看，那是什么？"

母亲蹲下来，仔细地端详着不远处一团黑乎乎的东西。我打开手电筒，看到了爷爷的后背。爷爷黑色的粗布褂子被风掀起一角来。爷爷坐在土坎上，身子有些歪。

我说："爷爷，都这么晚了，你坐在这里干什么？"

爷爷没动身子。我就跑到爷爷前面去，我看到爷爷的烟袋锅子插进土里，一只手攥着烟袋杆，好像是睡着了。这时候，母亲也跑过来，母亲把手放在爷爷的胡须上，我看到母亲的手在哆嗦，腿在打飘。

"爹，你这是怎么了？爹。"

母亲蹲下来，把爷爷的两只手拷在肩上，但爷爷的身子已经不打弯了。母亲让我用手托住爷爷的屁股，然后她站起来。

我们往前走。刚挪了两步，母亲就摔倒在地上。爷爷也滚到一边。母亲坐在地上，深喘一口气。

母亲说："我们先回家吧。"

过了片刻，母亲又说："你爷爷已经没气了。"

3

葬了爷爷之后，那天下午，邻居们都走了。喧闹了几天的院子，猛地静下来。刘土地坐在枣树下面玩尿泥，天已经很冷了，刘土地仍是穿着一身单衣服，他坐在地上，脸蛋子被冻得青紫青紫。这两天，刘长河不知道正在跟谁学武术，他正在用铅笔刀打磨一根木棍，他做得很认真，小心翼翼地，生怕弄坏了他的宝贝武器。我走到西偏房里，看到马槽里只剩下几根硬邦邦的玉米秸，就拿起筛子，给枣红马筛一筛草料放进去。枣红马兴奋地扇动着鼻子，哈出的热气喷在我脸上，有一股浓重的青草味儿。

现在，母亲正躺在床上。虽然天在一点点地变黑，但我不敢去叫她。我知道她很累。也许她正在生我父亲的气。爷爷死去的那天早晨，本家几位老人开了个小会，他们商量是不是把爷爷的死告诉城里的刘大海。

大爷爷说："老四在世的时候可是说过，他跟刘大海啥关系都没有了。他已经没有刘大海这么个儿子。"

大爷爷看上去很生气，他的嘴唇哆嗦个不停。他是我爷爷的大哥。我爷爷排行老四。

二爷爷说："不过，刘大海毕竟是老四的儿子吧，说是这样说，但做可不能这样做呀，如果哪一天刘大海回来问起来，大伙谁担这个责任。"

三爷爷说："奶奶的，我真想一刀劈了那个玩意儿。"

大爷爷说："你坐下，老三，这是在商量事，不是让你骂大街。"

后来，他们就把母亲和我叫过去。

母亲说："我跟刘大海什么关系都没有了，你们看着办吧。"

他们又问我。我说："我没有爹。"

最后，他们还是派人给刘大海拍了电报。

我的父亲刘大海很快就寄来一百块钱，在汇款单的简单留言上，他写道：惊闻父亲驾鹤西归，儿子悲痛万分，悲痛万分。儿子明日去青海出差，不能回去了，罪该万死，罪该万死啊！

大爷爷说："孽障！"

二爷爷说："不是东西！"

三爷爷说："操他姥姥！"

母亲说："买口棺木还得用一百五十块钱呢。"母亲想了想说："这样吧，你们把刘七喊来，把那头猪杀了，一半卖肉，一半招待亲戚。"

刘七是个屠夫，他收拾一头猪仅用两袋烟的工夫。过年的时候，我和刘长河经常去看他杀猪，要是能讨到一个猪尿泡，就高兴死我们了。不过今天，刘七要杀的是我们家那头正在茁壮成长的白母猪。

所以现在，我站在院子里，再也听不到猪哼哼的声音。我把刘土地从地上拉起来，我说你看你把衣服都弄脏了，这么冷还坐在地上，手上全是泥快进屋里把手洗干净。刘土地的嘴里吱吱呀呀的，我不知道他说些什么。我牵着刘土地的手。我们来到屋子里。我蹲下来给刘土地洗手。我看到刘土地的鼻涕已经流进嘴里。我又给刘土地擦鼻涕洗脸。然后我们坐在黑洞洞的屋子里，我们是在等着母亲做饭。外面天越来越黑，刘长河也来到屋里，他把他的木棍藏在柜子后面，以免让刘土地摸到。然后他也搬一个小板凳，坐在刘土地的身边。刘长河头发依然板板正正，在黑乎乎的屋子里油亮亮地泛着光。我知道上午他在给爷爷兜丧罐之前偷偷地往上面抹了猪油。

时间在一点一点地消失，外面黑透了。我们排成一排，坐在屋子中间，除去刘土地的嘴里不时发出呀呀的声音，我和刘长河谁都没有说话，我们都知道我们的爷爷死了。虽然我们还不太明白死是怎么回事，但显然我们已经懂得死是一件令人难受的事情，所以我们默不作声。但我们的肚子并不知道爷爷死了，它像孩子似的叫出声来。

可是，母亲躺在里屋的床上。我侧耳细听，里面一点动静都没有。

我想我是老大，我叫刘长江，而不是叫刘长河、刘土地。我应该进屋去看看母亲。我知道我们的母亲流了很多眼泪。她可能累了，睡着了。但我们的母亲睡着了我们怎么办？如果她睡到天亮，我们也坐到天亮吗？刘长河和刘土地还等着吃饭，他们饿极了吃不上饭会闹翻天的。

于是我推开门走进里屋。借着外面微弱的光，我发现母亲并没有躺在床上。我转过身，看到母亲坐在那把老式的圈椅里。她胳膊撑在椅子上，手托着脸腮，像是睡着了。我不知道是退出去好，还是上前把母亲喊醒。

我就这样站在那里，柜子上的座钟发出嘀嗒嘀嗒的声音。

"是刘长江吗？"母亲说话了，声音沙哑，听上去有气无力。

"天都黑了。"

我顿了顿嗓子，接着说："刘长河、刘土地，他们都坐在外面呢，他们的肚子叫了，都等着吃饭。"

"你还吃饭，你个小王八蛋！"

母亲喊一声，猛地扑过来。在黑暗中，母亲准确地抓住我的一只耳朵，然后拉着我的耳朵把我扯过来拽过去的，连着摆了好几摆，我听到母亲嘴里的牙齿发出咯吱咯吱的声音。

"你个小王八蛋，我揍扁了你，你还想吃饭，你去看看柜子里还有多少粮食？"

母亲放开我的耳朵，又用拇指和食指抓住我的脸，然后把拇指伸进我的嘴里，同时，她的另一手重复着同样的事情。她的两根拇指伸进我的嘴里，我尝到一股臭烘烘的咸味儿。她的双手开始向两边用力，就像用力掰一个熟透的西红柿一样。西红柿流出红色的液汁，我拿舌头轻轻舔舐，那红色的液汁发出涩涩的苦味儿。

"叫你吃，我弄烂你这臭嘴。不是你，你爷爷不会死的。你这个败家子。"

母亲把我摇来晃去，我就像魔术师手中的小木棍似的，昏昏乎乎，懵懵懂懂，在黑暗的屋子里滚过来滚过去的。

母亲扇我的后脑勺。

母亲踹我的屁股蛋子。

母亲抓起我的头发把我往墙上撞。

母亲举起鸡毛掸子没头没腔地抽我。

我不敢哭，我没有眼泪，我听着最后母亲说："你简直就是个杀人犯。"

杀人犯！我是一个杀人犯？

我跑出门去躲在猪圈里，趴在猪以往睡觉的干草上，干草毛茸茸的，如同猪毛一样软软的，我似乎感觉到猪那暖烘烘的身体。我想老天爷你让我变成猪吧。我的身体麻酥酥的热辣辣的，我趴在干草上，嘴里发出哼哼的叫声。

我闻到一股炖鱼的香味儿，那是从高台阶家里飘出来的，不一会儿我看到台阶婶出来倒泔水。她家养的是一头黑猪，台阶婶叫猪的声音都十分好听，她长得也漂亮，她不到二十岁，可早已当了妈妈。

　　从屋里传来刘土地的哭声，他肯定是饿了，只有饿了他才哭得如此悲痛，刘土地时常有吃不饱的时候，他比我们的饭量都大，但大多数的时候，都是母亲把手指头伸进他的嘴里，把他塞满嘴的食物抠出来，因为他已经吃得要吐了。

　　迷迷糊糊的，我睡着了。不知道什么时候，我觉得有个东西在戳我的肋骨。我睁开眼睛，看到刘长河蹲在我身边，他正哧哧地朝着我笑。在黑暗中，他的牙齿特别白，他两手拄着那根木棍，说："刘长江，咱娘让我出来找你。我就知道你躺在猪圈里。"

　　"你滚。"

　　"叫我滚，你知道你为什么躺在这里吗？因为你就是一头猪，公猪。"

　　我从干草上爬起来，我想跟刘长河打一仗。可我浑身疼痛不说，我看到刘长河手里还攥着一根木棍。此时，刘长河已经摆好架势，说："来啊，刘长江，你这个杀人犯，我正想教训教训你呢。"

　　我的头一下子耷拉下来，我说："我不是杀人犯，我不是杀人犯。"我的声音很小，也许刘长河根本就听不到。

"改天我再找你算账。"刘长河说完就爬出猪圈，他说话的口气像个大人似的。

我也从猪圈里爬出来，外面很冷。我站在院子里愣了会儿。我确实不想回到屋里去，就来到西偏房。我伸手摸了摸马槽，里面草料已经不多了，我又往里面添了些草料，然后，我一屁股坐进堆在屋角的那些草料里。草料全是玉米秸和玉米叶子，用铡刀截断后就成了马的粮食。我觉得草料里舒服极了。它们哗啦哗啦地把我埋起来，身上就暖和许多。

我想爷爷把马牵回来，爷爷就死了，那以后谁来喂马呢？谁来为马扫身体，谁来饮它呢？马是我们家的了，我们不能卖，因为我们还有地，我听三爷爷说，我们家分到了八亩地。八亩地我不知道多大，但我想肯定不会少的。那以后谁来种地呢？母亲的本事再大，她也不可能种活八亩地。但想一想，也不能不种啊，我们还有这么多肚子，特别是刘土地的肚子，那就是一个无底洞啊。我不知道怎么办，我听着马甩尾巴的声音，睡着了……

醒来时，天已经蒙蒙亮。我浑身麻木木的，就像一块冻地瓜一样，被冻透了，全身都灰乎乎的。我慢慢爬起来，抖抖身上的草屑，然后来到屋里，我看到他们还睡得很香，就悄悄扯过来一点被角，贴着床沿儿躺下来。

一会儿听到母亲喊我们的声音。

"起床了起床了，刘长江，你给刘土地把衣服穿好，刘长河，你去东偏房给我抱点干柴火来。"

我睁开眼睛，看到刘土地正瞪着我。我忙从床上爬起来，先给刘土地穿上上衣，然后再给他穿裤子，此时，刘长河已经穿好了衣服。他伸手"嚓"一声从挂在墙上的月份牌上撕下一张纸来，然后弓着腰跑出去。我知道他是让屎憋的。他解手去了。

我突然发现西面的土墙上用红色的粉笔写着一排字：刘长江是一个杀人犯。这时候，刘土地也看到了，他指着那一排鲜亮的粉笔字哇哇地叫。

我对刘土地说："我不是个杀人犯。"

刘土地说："你不是个杀人犯。"

刘土地突然把话说得清晰起来。我从来没有听到刘土地把话说得这么清楚。

他说："你不是个杀人犯。"

4

那是一个怪怪的下午。我去地里拾柴火，在村南的麦场上，我看到马宁宁正在学骑自行车，她的身材越来越苗条，她穿着一身红衣服，裤子上镶着黄色的花边，这是她父亲马东从县城里给她买来的，她是我们班穿着最好的学生。她两手推着车把，一只脚踩着脚踏板，一只脚在下面用力地划，然后，她的一条腿便飘起来，就像一只小燕子似的，但蹬两下后，车子就开始左右晃荡，于是她就急忙跳下来，她扭着小屁股，看上去气喘吁吁的样子。

我背着草筐，站在离她不远的地方发呆。她看到了我。

她说："干什么去呀刘长江？"

我说："我去地里拾柴火。"

她说："你拾柴火干什么？"

我说："我们家的柴火不够烧了。"

我们家喂了一匹枣红马。生产队分给的玉米秸子豆棵子，母亲舍不得烧，那是马的草料。于是我去地里拾柴火，拾地头上的玉米秆，拾从树上掉下来的干树枝。冬天越来越深了，我们家的柴火越来越少，我已经拾了好多天。

马宁宁说："刘长江，你的作业做完没有？"

我看到天阴得厉害，像要下雪的样子。这是一个星期天的下午，我觉得我的肚子里空空荡荡的，如同被刘七挂在柱子上掏空内脏的死猪一样，我不想一个人去远处拾柴火了。

我说："我帮你学自行车吧？"

马宁宁说："好啊，我正愁着没人给我扶一扶呢？"

我双手抓着后车座。马宁宁在前面蹬，她蹬得越来越快，我跑得也越来越快。马宁宁"咯咯"地叫着，她兴奋极了。几圈下来，我出汗了，皮肤摩擦着硬邦邦的棉袄里了，发出一种酸乎乎的味道。我看到马宁宁的脸蛋红彤彤的，有淡淡的热气萦绕在脸上，她脸蛋两侧黄茸茸的汗毛也变得清晰起来。

她说："真来劲儿。刘长江，歇会儿吧。咱们一块儿吃蛋糕。"

马宁宁把车子支好，然后从兜里拿出一个纸包，纸上一块块发暗的地方，都变得透明起来。她把纸扔掉，一块红亮的蛋糕出现在手里，她一分为二，把一块举到我眼前，说："杏仁蛋糕，你吃吧。"

我往后退一步，说："我不吃。"我感到我嘴里已经溢满口水，我咽一口唾沫。

马宁宁说："挺好吃的。"

我说："我真的不吃。"

马宁宁说："你就尝尝吧。"

说着，马宁宁就把蛋糕塞进我嘴里。我无法说清楚那是一种什么样的滋味儿。在马宁宁的注视下，我轻轻地咬着蛋糕，我想到刘土地，我想到刘土地能六口吃掉一个馒头。我想到刘长河，我想到刘长河半夜里起来偷吃挂在屋梁上筐里的油条，一脚踩空了柜子，被摔得鼻青脸肿。我轻轻地啃着蛋糕，眼睛禁不住湿润起来。

我说："马宁宁，你知道蛋糕是怎么做的吗？"

马宁宁想了想说："我不知道，这是我爸爸从镇上买来的。"

吃完蛋糕，我们又开始学自行车。马宁宁在前面骑着，我从后面扶着。我一边跑一边咂摸蛋糕的滋味，我一边咂摸蛋糕的滋味一边掉眼泪。

马宁宁说："你累了吧？刘长江。"

我说："我不累。"

马宁宁说："你累了我们就不学了。"

我说："我不累。"

马宁宁说："我听着你喘气的声音都变粗了。我们还是歇歇吧。"

我说："我不累。"

马宁宁还是停下来，她回头看看我，脸上的笑容渐渐地没有了，她说："你怎么哭了？"

我说："你还有蛋糕吗？马宁宁。"

马宁宁说："就一块蛋糕，我妈一次只让我吃一块。你怎么了？刘长江。"

我松开车座上的手，说："那我回去了。天都快黑了我回去了。"

我背起草筐，听到马宁宁在后面说："你作业做完没有？刘长江。"

我回过头来说，"我不想做了。"

马宁宁说："花蝴蝶会罚你的。"

我说："我不想再念书了。"

马宁宁张着嘴，好像很吃惊。她说你是三好学生体育委员学校里快开运动会了你才多大你为什么不念书了你呀。

她的头发梢湿漉漉的。

她的脸蛋红彤彤的。

她的汗毛黄茸茸的。

她推着一辆凤凰牌的自行车。

她穿着一身买来的红衣服。

她越来越漂亮。

5

我突然醒来，周围静极了。睁开眼睛，只见一抹月光拐进屋里。我是被一个声音喊醒的，可是，当我睁开眼后，那个声音没有了，我不知道那是一种什么声音，细细的，如同一根细弦从一个耳朵里钻进去，又从另一个耳朵里钻出来，紧绷绷的，被人轻轻一弹，然后就飘远了。我无法再睡，就从床上爬起来。他们横七竖八地躺在床上，睡得正香。我穿上衣服，来到院子里。在月光中，枣树发出清冷的光泽。一股被霜露浸透的柴火味儿弥漫在院子里。我朝西偏房走去。马儿正在吃草，发出"沙沙"的声音。它的一对大眼依然闪着光亮。我每次在夜里看到它，它的眼睛都是这样。我从来没有看到过它睡觉的样子。它到底睡不睡觉呢？我是准备问问爷爷的，只是没来得及。它发觉有人走进来，就甩甩尾巴，用前蹄踏踏地面，然后把鼻子伸过来，发出咴咴的声音。它这是表示亲热，我知道。于是我抱住它的脖子。它的脖子光滑极了，温暖，干爽，像绸面一样。我把脸贴在上面，它的鬃毛耷拉在我的脸上。我听到它的牙齿截断草料发出的"咯吱咯吱"的声音。我突然产生了一个想法，就是把它牵到街上去，骑上它。爷爷说它是不能骑的，是来给我们家干活的。可干活只是白天的事，晚上我是可以骑的。于是我把缰绳从柱子上解下来，牵着它悄悄地穿过院子。我们来到街上，街上静静的，偶尔能听到一声猫叫。我们家的猪圈里黑洞洞的，已经空了很长时间。母亲说等几天到镇上去赶集，再买一头小猪来养上。我把马儿牵到猪圈旁边，我踩在圈沿的高处，一手攥着缰绳，一手抓着鬃毛，然后轻飘飘地落在它的背上。我觉得自己猛地长高不少，月光下，周围的东西变得与以往不同起来。蹄声踩碎了夜的静谧，发出"咔咔"的声音。接着是狗的叫声。我们拐过高台阶家的房角，来到南面的街上，穿过马家胡同时，我突然想起白天我去学校，马宁宁塞给我的那个纸团。她把纸团塞进我手里，说：别忘了我。她的眼神怪怪的，让我无法理解。我烫手似的把纸团塞进兜里。我害怕纸团，害怕那种潮乎乎、凹凸不平的感觉。此时，它就在我棉袄的口袋里。我们来到村南的路上，左边是水沟，右边是池塘。马儿仰着头，一声不吭地向前走着。我坐在马背上，右手攥着缰绳，左手拿出那个纸团，轻轻地把它展开。在月光下，我把眼睛凑上去，我看到纸团上用钢笔写着四个工工整整的蝇头小字：来日方长。我不完全明白，但我能够感觉到它的意思。我的心里猛地悬空一下。蹄声变得急促起来，我放松缰绳，抓紧鬃毛，胸脯趴伏在它的背上，侧脸看着西边的弦月。风声大起来，温柔地抚着我的头发，我看到李家坟的三棵枣树从眼前一晃而过。

我看到月光下有一个黑影，他一动不动地坐在那里，前面是一望无际的麦田，那是我们刚刚分到的土地。马儿突然停下来，我勒一下缰绳，它的两只前蹄跃起来，差点把我掀下去。它的身上潮乎乎的。它回过头，朝我夸张地扇动着鼻子。

我望着月光下的那个黑影。

泪水搅碎了月亮的光泽。

「芝麻开门」

1

　　我决定把这个故事讲出来，是在我父亲刘天真带着我哥哥刘长声回老家去的那一天。

　　那是一个春天的早晨，阴冷，潮湿，有雾，是一个你喘口气都觉得有很多脏东西稀里呼噜进入肺腔的早晨。那时候我的鼻窦炎还没有痊愈，我最怕这样的日子，鼻子难受极了，酸酸的疼疼的，就好像刚挨了谁一拳头似的。我捏着鼻子，目送我父亲和我哥哥走进车站。我父亲刘天真肩上扛着一个包袱，包袱不算很大，但在我父亲肩上，却尤为显眼。我父亲弓着腰，一只手扶着肩上的包袱，另一只手不时地推一下鼻梁上的黑框眼镜，他昂着下巴，目光使劲地向前瞅着，从远处看，他的样子如同一个瘦小的老太太。不知道为什么，在那一刻，我突然不合时宜地想到了我奶奶。我哥哥刘长声紧跟在我父亲的屁股后面，就像一个跟屁虫，他胖大的身躯看上去轻飘飘的，脚下如同踩在棉花垛上，磕磕绊绊，粗壮的胳膊不时地撞在别人身上。他们努力地向前走着，头也不回一下，他们去得那么坚决，他们的动作，他们的样子，以至于那个雾蒙蒙的早晨，都如同一个庞杂的梦。

我父亲刘天真把要回老家去的打算告诉我时，他已经把什么都准备好了。那天下班回来，我看到我父亲正折腾他那两箱子书，他蹲在地上，穿着一件肥大的棉坎肩，头发脏乎乎的，像一团火焰似的向上竖着，脸上热气腾腾，眼镜几乎滑到鼻子尖上，他正吭哧吭哧地撕掉书的扉页，因为那上面写有他的名字，他把它们团起来，扔进旁边的一个水盆里。他那时的样子如同卡通画里的一头瘦狮子。我父亲看到我走过来，说："看看有你需要的吗？有就拿走。""你倒腾这个干什么，脏乎乎的。"我觉得奇怪。我父亲直了直身子，说卖，净占地方，卖了它。我看到我父亲如此果断，有点惊讶。在我的印象当中，我父亲总是手不释卷。我认为父亲这么喜欢看书的人，一辈子也不会卖掉这些书的，我父亲走南闯北，这些书可是跟了他一辈子。但那一天，我父亲却以三毛钱一斤的价格，把它们卖给了楼下面那个收废品的女人。

我父亲刘天真卖掉书后，坐在桌子前喝茶，他的头发几乎白了一半，它们短短的，硬硬的，如同一根根的银箭头。这时候，我哥哥刘长声正把自己关在卫生间里洗澡，自从患上那种病后，他每天都要洗澡，一洗就是两三个小时，他一星期要用掉三块香皂。我们家买香皂从来都是一箱一箱地买。医生说，这是来自一种强烈的自卑感。就在卫生间里传出来的稀里哗啦的流水声中，我父亲叫住了我。

"刘长望，你过来。"

我走过去，坐在我父亲刘天真对面。我父亲垂着头，不停地吸着烟，他的整个脸都被一团青烟包围着，脸色也被青烟熏得黝黑。

"我想带着刘长声回老家去。"我父亲垂着脑袋，眼睛盯着茶壶嘴儿。

"也该回去看看，这么多年了。"

我没想到我父亲要回老家去生活，我想到的是清明节快到了，他要回去在老人坟上添一把土。

"家里还有五间大瓦房呢，这些年，一直让人家料理着。以后没什么事，我就不回来了。"

我一时没了话说，事儿确实太突然，我不知道我父亲是什么意思。

"我可以开块地，种点儿瓜果蔬菜，早晨起来在院子打打拳练练武，老家的空气好啊。更重要的是，我想这对刘长声有好处，精神上的问题，还得用精神来治。你想想，家里全是他打小就熟悉的人，什么自卑感，什么压抑，都统统滚他娘的蛋去了，说不定，在家里人面前，他还觉得他是个人物呢。"

我父亲刘天真突然笑了一声，但我发现他紧接着又撇了撇嘴。

听我父亲这么一说，我倒觉得他的想法还真的不错。为了照顾我母亲和我哥哥，我父亲刘天真已经病退好几年了，如今，我母亲已经不在了，我哥哥的病情一直不见好转，改变一下环境，也许不失为一个好主意。同时，我产生了一种非常自私的想法，那就是，我父亲和我哥哥一走，这套三居室的房子不就我一个人住了吗？我缺少的不正是这样一个宽松的空间？

那时候，我还在一家化工厂干操作工。那一年春天，我和王小艾刚刚确立恋爱关系。王小艾是我的师妹，也许正是由于我们之间彼此过于熟悉，所以我们的关系总是飘飘忽忽的，缺乏那种一锤定音的气势，也可以说，是没有那种一锤定音的环境。我父亲刘天真知道我在谈对象。虽然我还没把王小艾带回家，但父亲已经见过王小艾一面了。有一次我和王小艾从一家快餐店里走出来，迎面正碰上我父亲刘天真，他提着一个菜篮子，里面放着几个卷心菜，他的胡子也许好几天没有刮过了，所以看上去，他就是一个邋邋遢遢的老头子。我急忙把头扭向一边，我父亲的目光却像刀子似的变得雪亮，当然，他不是看我，他是在看王小艾。王小艾虽说长得算不上漂亮，但那头长发和高挑的身材肯定给我父亲留下了深刻的印象，所以那一天，我父亲告诉我要回老家去的事情以后，突然话头一转，说："你跟那个女孩的关系怎么样了？"

"哪个女孩？"我装糊涂。我想是不是父亲识破了我心里的鬼胎。

"少跟我装蒜，那个留长发的女孩子。"我父亲从来没跟我拉过这样的话题，因此他那时的表情异常严肃。

"还是那个样呗。"我的口气有些轻描淡写。

可我父亲却松了一口气，他轻轻地说："到时候，也得撒泡尿照照自己。"

当时，我对父亲的话并没有在意。可是，当我目送我父亲和我哥哥走进车站以后，我的情绪却猛地降到了极点，一种强烈的感觉使我浑身哆嗦起来，我蹲在马路边上，点着一根烟，深深地吸一口，才慢慢地趋于平静，我的第一个念头就是给王小艾打电话。我要把我们家的事情讲给她听，我不在乎她听后有什么想法，我只是想把什么都告诉她。

在这座城市里，她是我唯一能够倾诉的对象。

2

所有的事情，都似乎跟那个夏天有关。那时候我还是一个十几岁的孩子。

有一天黄昏，我背着草筐，刚刚拐上清水桥头，就听见有人在后面喊我。刘长望，是刘长望吗？那声音有些含糊，怯生生中又显得十分急促，就像刚刚射出子弹的枪口里冒出的一缕青烟。

我回过头，看到我父亲刘天真正站在不远的地方。血红的夕阳把他全身上下塑成了金色，我父亲刘天真戴着一顶白色的遮阳帽，肩上背着一个浅绿色的地质包，灰色的衬衣紧贴在身上，有很多地方已经被汗水浸透了。他亮晶晶的镜片后面，两只眼睛眯成一条缝儿，他正咧着嘴看我。

我心里纳闷。在我的印象中，我父亲刘天真总是割麦忙秋或者过年的时候才回到家来，可现在正是玉米拔节的时候，地里的活儿并不多。我记得那天是星期天，我去玉米地里帮我母亲拔草，正是天最热的时候，雨水多，地里的野草都长疯了。眼看太阳就要落下去了，我母亲说，你先回家吧，回家帮你奶奶做做饭，别忘了饮饮牲口。没想到我刚拐上清水桥，就碰到了我父亲刘天真。

我父亲刘天真走到我跟前，从我头发上拿掉一根草屑，看到我愣愣的样子，便龇牙笑了。

可能是我刚才的神经绷得太紧，看到我父亲笑了，才放松下来，就说："我娘还在地里忙着呢，我去喊她。"

我父亲刘天真抬头看了看天，又使劲拍拍我背上的草筐，他的嘴角抽动了几下，像是要跟我说点什么，但最终，他只是把一只大手放在我的后脑勺上，我闻到一股浓浓的汗酸味，同时听到我父亲刘天真长长地吐了一口气，像是卸去许多东西。他淡淡地说："我们还是先回家吧。"

我和我父亲刘天真并排走在回村子的小路上。那一刻，天空变得灿烂无比，太阳从树梢上沉下去了，大片大片的火烧云静静地悬挂在空中，使得大地浓烈而辽阔。我斜了斜眼睛，看到了父亲眼角处那几条深深的皱纹，也看到了隐藏在他眼睛里的那丝丝的兴奋和激动。那一年，我父亲刘天真４５岁，还算得上年轻。

我父亲刘天真和我走进门来的时候，把我奶奶也惊了一下。老太太眼睛不好，又是傍晚时分，院子里朦朦胧胧。老太太正挥动着一根搅食棍子，往鸡窝里轰赶那些唧唧咯咯的母鸡，她听到门响，就喊："刘长望，你过来看看，看看鸡窝里几只鸡了。"她万没想到，站在她身边的，竟是她的儿子刘天真，老太太趴在这个身材不算高大的人影面前瞅了半天，当她发现刘天真正龇牙咧嘴地朝她笑时，便向后退了一步，举起手中的搅食棍子点了点刘天真说："我儿，你这时候回来干什么？"老太太一脸狐疑，也许她正在怀疑她儿子是否又被人家撵了回来。这当然事出有因，我父亲刘天真考上大学的那年，我奶奶听说独生儿子是去了关外上学，就整天哭哭啼啼，又是怕孩子冻着，又是怕孩子饿着，结果没出半年，刘天真果真回来了，说学校里查体，查出自己心脏不好，人家让回家来休学三个月，再回去复查，如果没事，这学就继续念。如果有事呢？我奶奶问得急切。有事就回来了，刘天真一脸沮丧。回来干什么？回来种地呗，还能干什么？刘天真这么一说，吓得我奶奶再也不敢哭了。后来我奶奶跟我哥哥刘长声、我姐姐刘芬芳，还有我讲这个故事的时候，还有点儿余惊未尽，她的嘴巴一瘪一瘪地说：我认定那是让我哭坏的。

那天，在黑黢黢的院子里，我奶奶和她的独生儿子刘天真颇像两个舞台上的演员，我奶奶手中的搅食棍子还在不停地乱颤。那时候，院子里只剩下那只最淘气的芦花鸡站在我奶奶身边昂着脖子咯咯乱叫，它肯定不会知道，它的这次淘气，带来的却是杀身之祸。

我父亲刘天真笑着说："娘，我是回来接你进城的。"刘天真声音低低的，生怕吓着母亲似的。

老太太"哦"了一声，突然扔掉手中的棍子，在黑乎乎的院子里扳起手指头。老太太说："我儿，今天是你的生日呀。"

我父亲刘天真似乎变得羞涩起来，说："过什么生日。"

老太太嘴里嘟哝了一句什么，然后身子猛地向下一蹲，一把就掐住了那只芦花鸡的鸡翅子。老太太虽是小脚，但脚步敏捷，她一边快步挪动着身子，一边大声地喊着："刘长望，把厨房的电灯打开。"顿了一下，又喊道，"刘长望，把院子里的电灯也打开。"

过了片刻，我们家的院子里可以说是灯火辉煌。厨房的地上，那只芦花鸡已经无力扑棱翅膀，只是爪子还偶尔抖动一下，它软耷耷的脖子下面，那一摊血迹在日光灯下显得黑亮黏稠。我奶奶正忙着烧开水，厨房里叮当作响，老太太留下来的背影，就像一位正在演奏的架子鼓手。

我把桌子放在院子中间，把那把青竹躺椅支好，又拿来了一把蒲扇。我父亲刘天真已经洗刷完毕，他往躺椅上一靠，端起我奶奶冲好的热茶，轻啜一口，开始眯起眼睛来，嘴里还南腔北调地哼哼个不停。

这时候，我母亲从外面走进来，她手里攥着一把镰

刀，背着满满的一筐草。我母亲是弯着腰走进院子的，
对于她来说，那筐草显然是太重了，我知道她把我们一
下午的劳动成果全都背了回来。院子里虽然灯火明亮，
但乱蓬蓬的头发遮住了我母亲的眼睛，她显然没有发现
歪在躺椅里的刘天真。我在帮她蹲下放草筐时，她还问
我："刘长望，你奶奶做什么好吃的了，这么香。"我
说："我爹回来了。"

我母亲这才蹲在地上往灯光下瞥了一眼，当她发现
真的是我父亲刘天真坐在那里的时候，她突然变得忸怩
起来，她似乎再也没有勇气去瞅一眼灯光下的那个男
人，她没有径直走到灯光下面去，而是低着头，沿着墙
根，拐进了厨房，她得先洗一把脏乎乎的脸呀！母亲比
父亲小五岁，但看上去，却比父亲老去许多。

我父亲刘天真似乎并没有看到我母亲进来，他还是
闭着眼睛，也许他正沉浸在一种前所未有的快意之中，
他的头脑中肯定正绘制着一幅全新的蓝图，似乎以往所
有的困难皆成为云烟，最让他感到满意的是，从今以
后，他刘天真也算得上一个真正意义上的城里人了。下
班后有热腾腾的饭菜，想睡觉有暖烘烘的房子，节假日
可以领着老婆孩子去逛逛大街……想到这些，他笑了，

笑容荡漾在他的脸上，然后他慢慢地睁开眼睛，他看到我母亲正站在桌旁用怪怪的眼神打量他，就迅速地从躺椅里竖起身子，他说："孩子他娘，你回来了？"

"这时候，你回来干什么？"我母亲的声音绵软无力。

我父亲刘天真使劲绷着嘴唇，他尽量不让高兴的表情露出来，大约过了一二分钟，我父亲刘天真面部的肌肉才逐渐松弛，然后，他长长地吐一口气，像是自言自语地说："好了，以后就好了。"

我母亲立刻读懂了我父亲的表情。那时候，城市对于一个乡下人来说，依然魅力无穷，散发着神秘的光泽。我记得我母亲听完父亲这句话后，泪水一下子涌出来，就好像那些泪水在我母亲的眼睛里储存多年，它们很快就占据了她的整个面颊，它们就像小溪一般欢快地淌着，开始还悄无声息，紧接着叮咚作响，到后来，便汇集成洪水般的咆哮之声。

我奶奶端着一盆热气腾腾的鸡汤走过来，她看都没看坐在一旁哭泣的母亲，而是高着嗓子喊起来："我儿，今天是你的生日，生你的那天，你二叔可是做了个梦，梦见一只凤凰落在咱家院子里的枣树上。哎，这凤凰终归是凤凰，是凤凰总要飞走的。"

我奶奶这么一喊，我母亲立刻就噤了声儿，我母亲撩起衣角，擦了擦脸上的泪痕，然后站起来，走进厨房，帮着奶奶收拾饭菜。

我父亲刘天真龇牙笑了，他看上去无比坦然，他先给我奶奶倒满一盅酒，又给自己满上，然后吩咐我道："刘长望，给你娘也满上一盅。"

说完，我父亲清了清嗓子。我奶奶，我母亲，还有我，我们都认为我父亲要说话了，于是我们坐在那里，大眼瞪着小眼，一声不吭，但过了一会儿，我父亲刘天真却什么都没说，他咂磨半天嘴唇，最后却端起酒盅，一饮而尽，然后他把一块鸡肉放进嘴里，这才开始说了一句："香，好香啊。"实际上，我早被鸡肉的香味儿熏晕了头，我看到父亲开始吃了，也就不再客气。可我父亲只咬了一口，就把筷子放回到饭桌上。他叹了口气，接着跟我奶奶说："不过，还有件事儿，得跟你商量一下。"

我奶奶说："有什么话，你就说吧。"

我父亲说："刘长声已经超了年龄。他快 20 岁了，又不念书。人家规定是不能超过 16 周岁的。"

我奶奶想了想，说："我儿，刘长声不能出去也不是什么坏事，那我也就不出去了，我跟着刘长声，刘长声吃稠的，咱也跟着吃稠的；刘长声喝稀的，咱也随着喝稀的。说实在话，愿意出去的是你们，我一个老婆子，我哪里也不愿意去。再说，这宅子，这院子，我待了一辈子，习惯了，就是死在这里，我也不愿意出去。"微风吹来，我奶奶口气凄凉。

　　几杯酒下肚，我父亲的脸膛泛起红光，他开始有些兴奋，他从青竹躺椅里站起身子，伸了伸胳膊，踢了踢腿，说："借着酒劲儿，我给你们来几下子。"说完，我父亲摆开架式，他攥紧双拳，置于腰侧，然后深吸一口气，侧身，出拳，腾腿，蹲步，呼呼生风，速度极快。我奶奶说："这是青龙。"我父亲说声不错，突然凌空来了一个飞脚，眼镜片在灯光下闪闪烁烁，我父亲喊道："儿子，怎么样？"奶奶咯咯直笑，我母亲抿着嘴唇儿不吱声，我父亲又来了一个侧身翻，"儿子，怎么样？"我觉得我父亲就跟个孩子似的，我都替他有点儿不好意思。我低着头，并不说话，偶尔瞥一眼乐哈哈的奶奶，可打心里，我还是挺佩服父亲的。

　　刷刷刷，我父亲的拳路异常清晰，我奶奶更是乐得合不上嘴儿，她一会儿说这是青龙拳，一会儿说这是白虎拳，从我父亲身上，她似乎又看到她的父亲，我父亲打的这些拳把式，都是跟着他姥爷学的，我奶奶的娘家，可是习武之家，我奶奶的父亲是一位有名拳师，年轻时参加过义和团。这些都是我奶奶引以为豪的。

<h2 style="text-align:center">3</h2>

"你哥哥不是在橡胶厂上班吗？"王小艾问我这句话的时候，我们正坐在市中心广场的石凳子上喝可口可乐。天有些热了，王小艾已经穿上了裙子，微风吹起她的长发，缕缕的香味儿不时钻进我的鼻孔，那是一个懒洋洋的上午，暮春的阳光落在我们身上，我盯着王小艾，有点儿陶醉。

王小艾拍了我大腿一下，说："我问你哪？"

我没有回答她。我说："你想不想去我们家看看？"

我说："你到家就知道了。"

那时候，我父亲刘天真和我哥哥刘长声已经回老家快一个月了。我父亲刘天真来信写道："换换瓦，买口锅，就算是安下家来……这么多年没回来，家里的人还是那么热情，只是有些老人已经不在了……刘长声显得比我兴奋，他很高兴，也许，他就不该……唉，你也是个大人了，那边的事情，你就看着办吧。"

那一段时间，我也确实没有闲着，我重新把屋子刷了一遍，给门窗上了新漆，一些没用的东西全让我扔掉了，屋子里变了，变得干净了，亮堂了。一切都弄完之后，我坐在屋子中间的地板上，突然想念起许多人来，我奶奶，我母亲，还有我姐姐刘芬芳，前两位已经在这个世界上消失了，而后一位，我姐姐刘芬芳，她现在在哪里呢？她没有理由离开这个家庭，但她离开了，她是不是会为自己的一时冲动，而后悔一生呢？但无论怎样，我还是为她祝福，为在这个世界的某一个角落里依然存在着的姐姐祝福。

王小艾进门的时候，还有些胆怯，她怕一开门，一个老头站在她面前，那样她会非常不自在的。她还不了解我们家的情况，她只知道我父亲是一个地质工程师，我哥哥在橡胶厂上班，我母亲得脑出血去世不久，仅此而已。所以她一进门，前后左右探了一番头，说的第一句话便是："怎么死气沉沉的？"她这句话让我心里非常难受，我后悔不该这么突兀地把她带回家，我应该把一切都告诉她以后，再让她进这个家门，我们虽然师哥师妹的好几年了，但我的情况，王小艾知道的并不多。

要说起我和王小艾的关系，还真的有些戏剧性。王小艾是技校毕业的，而我是通过社会招工进厂的。我和王小艾一进厂，就跟着我们的师父祝大勇干操作工，可几年来，我和王小艾除了师哥师妹地叫着，除了偶尔开个玩笑，并没有任何感觉，我们绝对就像亲哥哥亲妹妹一样在一块儿工作着，我只是知道，那几年，王小艾在不停地谈恋爱，谈了一个，散了；又谈了一个，又散了。仅从她的表情，我就能看出她的成功和失败。每当她穿着漂亮的衣服，昂着脖子，扭着屁股走进车间时，我就知道她又恋爱了。我说："王小艾，这一个肯定不错？"王小艾一抿嘴，笑了。每当我看到她衣冠不整，满脸憔悴的样子，就说："王小艾，又失恋是吧？"王小艾骂一句，举起手中的饭盒便砸过来，她的嘴一撇一撇的，要哭出来的样子。

那一年春天，我们的师父祝大勇光荣退休。我和王小艾专门在一家不错的饭馆请他吃饭。我们的师父个不高，胖胖的，一笑，眼睛只剩下一道缝儿。后来我看过一个电视剧叫《贫嘴张大民的幸福生活》，我一见里面的那个张大民，禁不住乐了，我说："王小艾，王小艾，快看。"王小艾正打着毛衣。我说："你看，这个张大民，像谁？"王小艾跟个傻瓜似的，半张着嘴，想了半天，说："像谁？"我说："咱们的师父祝大勇呗。"王小艾的眼神马上亮起来。"你别说，越看还越像。"王小艾说。不过，我们的师父祝大勇的嘴巴子一点儿都不贫，他干了一辈子工人，学会的是沉默寡言，不该说的话一句都不说，平时爱喝酒，说话面带微笑，偶尔急了，也抬两句杠。那天晚上，他看上去有点怪，一个劲儿地喝酒，又一个劲儿地叹气。他一会儿瞅瞅王小艾，一会儿又看看我，然后摇一摇头，叹一口气，端起酒杯，一饮而尽。他这样做了不下十次。后来，我们的师父喝多了，我和王小艾一边一个架着他等出租车，他的嘴还是在不停地嘟囔，你们哪，你们，你们都老大不小的，哎，傻瓜，一对傻瓜……他把我和王小艾说得一愣愣的，我们面面相觑，有些丈二的和尚摸不着头脑。

把我们的师父送回家，我和王小艾走出来，那时候已经是晚上十点钟了，冬天的夜，特别黑，远处的路灯显得格外清冷，街上的行人很少，我们的位置，是处在城市的近郊。而我和王小艾的家都在市区。我说："王小艾，打个的，我把你送回去。"王小艾抬起头，看着我，因为黑，我看不清她的眼神。我只是听到她轻轻地叹了口气。她说："这么好的夜，咱们还是走走吧。"

我说当然好，我巴不得跟你走一走呢，你别害怕我发坏就行。我本来是想跟王小艾开个玩笑。王小艾却苦笑了一声，说："你，刘长望，你可不是那样的人。"

那天我喝了点酒，脸烫得要命，被冷风一吹，觉得蛮舒服。我伸了个懒腰，故作轻松说："真舒服，这风。"可王小艾一直默默地向前走，她没有理我，像是有什么心事似的。接下来，好长时间，我们就这样走着，谁都没再说话。汽车不停地从我们身边驶过。马达声由远而近，又由近而远。

王小艾猛地抬起头来问我："刘长望，你说人是不是犯上一次错误，一辈子就这样错下去了？"王小艾这么一说，把我吓了一跳。我想这是王小艾吗，怎么突然严肃了起来。

我没回答，我听出王小艾是话中有话。

果然，没过多长时间，王小艾憋不住了："我不知道你们男人是些什么东西。"王小艾的情绪显得很低沉，

"我从十七岁开始谈恋爱，谈了这么多年，男朋友也有七八个了吧……可我到现在还没弄清楚，这男人到底是些什么东西？"

听王小艾这么我叨叨念念的，我都差点乐了。可王小艾却更加严肃。

她突然停下来，扭过身，抬起头，盯着我，说："跟我好不要紧，好完了他妈的就把我踹掉，有时候，我觉得自己就是一个破包袱，让人家踢来踢去的，连他妈的一点疼都觉不出来。"

我说："王小艾，你是不是喝多了。我踢你一脚，看看你疼不疼。"

"你别跟我开玩笑，我没喝多。"王小艾喘了口气，借着远处的灯光，我看到她的腮上，有两道清晰的东西，它们散发着清冷的光泽。

"我都觉得我嫁不出去了，谁还要我？"说完，王小艾又默默地向前走去。

我站在那里，有点儿愣怔。我不知道王小艾跟我说这些干什么，她此时的表情让我不得不认真，说实在话，我打心里喜欢这个跟我朝夕相处的女孩，她善良，活泼，我真不知道她还有这么多痛苦，也许正是离得太近的缘故，我总是觉得，王小艾并不喜欢我这样的人。她喜欢的是那种活泼好动，能给她带来快乐的男孩子。可在这样的夜晚，她却跟我说出这些话来，这可不是她平时的脾气。有一种东西，开始在我心里鼓胀起来。

我们走啊走，也不知道走了多远，眼看王小艾都快到家了，在一个路灯下面，我猛地抓到王小艾的双肩，我有些冲动。在女孩子面前，我的目光第一次如此锐利而坚定，我说："小艾，嫁给我吧。"

王小艾趴在我身上，半天没有抬起头来。

这就是我和王小艾的开始。

4

那一年我父亲刘天真满怀兴奋和激动地回家给我们转户口，没想到第二天就撞上了钉子。那钉子是谁？就是我哥哥刘长声。

那天中午，我哥哥刘长声跑回家来。他在镇上的砖瓦厂干临时工，推砖坯子。刘长声来本就长得黑壮，再加上风吹日晒，于是往那儿一站，跟座铁塔似的。那个头儿，比我父亲刘天真高出整整一头。我奶奶说："这刘长声也不知道是什么东西变来的，反正跟他爹不一样。"

我哥哥刘长声显然是听到了什么风声，他风风火火的，把那辆破自行车往墙边一扔，三步并做两步，火球似的滚进屋来。那一刻，我父亲刘天真正穿戴整齐，把一条从城里带回来的香烟放进包里，他正准备去镇上的派出所，办他该办的事情。

"爹，你回来了。"我哥哥刘长声兴奋地扇动着鼻子，就跟一匹小马驹似的。

我父亲一抬头，被我哥哥刘长声吓了一跳，他看到刘长声就像一个非洲人似的，正龇牙咧嘴地盯着他。

"是刘长声，刘长声你回来得正好，我正想跟你说说。"

我父亲刘天真又重新把包放下，他摇动起手中的扇子，但汗水还是不停地从他的眼镜片后面淌下来，我父亲本来瘦小，他在我哥哥刘长声面前这么晃来晃去的，便更为明显。我父亲皱着眉头，垂着脑袋，目光有些飘忽不定。

我哥哥刘长声站在门口，一只手掰着门框，另一只手不停地抹着脸上的汗水，然后使劲地擦在他那脏乎乎的破汗襟上。他瞪着我父亲晃来晃去的身子，弄不懂我父亲要跟他说些什么。

我父亲清清嗓子，开始说话。他说："刘长声，我这次回来，是办理你奶奶、你娘，还有你妹妹你弟弟的户口的。"

"噢。"刘长声似乎明白了点什么，他翻了翻眼白，又似乎不是太明白，他支棱着耳朵，还在听我父亲往下说呢。

我父亲说："这宅子，这院子，就留给你了。等过了年，办完这事儿，再给你娶上个媳妇，也算了结了我心头的一件大事。"

我哥哥这才听出点儿门道来，他说："你们都到城里去？"

我父亲说："这不是政策允许吗，你要不是超了年龄……"

"我？"我哥哥的眼白更大了，他的呼吸也变得粗起来。

"你过了年龄，没办法。你在家里也不错，这一溜儿五间的大瓦房，说实在的，这村子里能挑出几家来？"

我哥哥刘长声显然是被这突如其来的事情弄蒙了，

他本来就不善言谈，他厚厚的嘴唇张乎张乎的，就像一条浑水中的鲇鱼。手脚更是无处可放，一会儿搔头发，一会儿抠耳朵，一会儿拿脚蹬一下门槛儿，这时候，我们家的屋里猛地静下来，随之飘进屋来的，除了蝉声，就是骚烘烘的尿味儿。我奶奶端着泔水盆子，她刚喂好猪，她看到我哥哥刘长声站在门口，就喊道："刘长声，你吃饭了没有？"

"我不饿，"刘长声应一声，然后又把声音降下来，"我什么都不知道，我不饿。"他是话中有话。

我父亲刘天真的灰衬衣又开始往身上粘了，那天中午的天气太热，我父亲有点受不了，他说："刘长声，你下午要是不去干活，就好好地歇一歇，我还得到派出所去，还有好多事情要办。"

说完，我父亲刘天真扔下蒲扇，背起那个绿色的地质包，就准备往外走，可他发现，我哥哥刘长声站在门口，并没有给他让路的意思，此时，刘长声把那件破汗衫脱了下来，搭在肩头上，他后背靠在门框上，一只手抓着另一边的门框，眼皮子不停地向上瞭着，好像屋顶上有什么奇怪东西似的。

我父亲说："刘长声，你听到没有，我要出去。"

我哥哥说："我什么都不知道，那我咋办？"声音低低的。

我父亲说："等晚上回来，我再跟你好好聊一聊？"

我哥哥说："我说我咋办？我什么都不知道。"我哥哥并不去看比他矮一截的父亲，他瞅着屋顶，像是自言自语。

我父亲刘天真在屋里转起了圈儿，他不时地摘掉眼镜，掏出手绢来擦一把脸上的汗水。时间对于他来说很重要，他不能跟我哥哥就这么靠一个下午呀。他猛地发现了我哥哥胳膊低下的那块地方，跟一个小门似的，我父亲瘦小的身子骨儿足以从那儿钻过去。当然，在钻过去之前，不能叫我哥哥有所察觉。我父亲刘天真嘴里嘟嘟哝哝的，他根本不知道自己嘟哝了些什么，他在逐渐靠近，逐渐靠近那个"小门"，正在他一缩脖子准备行动的时候，我哥哥刘长声却伸出一条腿来，它如同一道大闸似的把我父亲给闸在屋里。我父亲被闪了一下，脖子通红，心中有点窝火。

我父亲说："刘长声，你这样是解决不了问题的，这是政策，你知道吧，不是我说了算的。我盼着你们都能出去，找个工作，娶个城里老婆，谁他妈的不往好处盼。可你确确实实是过了年龄，你要是还上着学，那怎么也好说，可你三年前就拍屁股不干了，你怨谁？"

我父亲刘天真几乎跳了起来，他摩拳擦掌，像是要跟刘长声拼了似的。可我哥哥刘长声还是那个样子，他站在那里，把身子绷得紧紧的，黑亮亮的肌肉也一块一块地鼓起来，像一尊门神一样。

这时候，我奶奶听到了儿子的喊叫，从外面走进来，老太太一看眼前这架势，知道事情不妙，就喊道："刘长声，你看你这孩子，你让你爹出来呀你。"

我哥哥刘长声从小最听我奶奶的话，在我们三个当中，我奶奶最喜欢的也是我哥哥刘长声。我奶奶的意思是，她这一嗓子喊出去，那刘长声就是再不懂事儿身子也该挪挪地方呀。可今天的刘长声却是邪了门，我奶奶的嗓门再大，他也跟没听见似的。

我奶奶走上前，两只瘦瘦的布满黑斑的手，就像鹰爪似的，抓住我哥哥的胳膊。"刘长声，有什么话儿，你也得先让你爹出来屋子再说，你看你爹热的，这屋里又没个电扇。"

刘长声的胳膊就跟铁铸的一样，纹丝不动，他的眼白还是往屋顶上翻，他看都没看我奶奶一眼。我奶奶个头又小，用劲又猛，身子几乎都吊了起来，那一头乱蓬蓬的白头发也散开了，呼呼啦啦地遮住了我奶奶干瘪的脸。

我父亲刘天真的脸上，真的有些挂不住了。说实在的，我父亲刘天真对我们兄妹几个的脾气并不了解，我们在一块儿生活的日子屈指可数，小时候，他每次回到家来，每当我们刚刚明白这个戴眼镜的男人就是我们的父亲时，他已经准备回城了。所以他跟我们对垒，总是处于劣势，想使劲骂上几句吧，从小没骂习惯，小时候没打过，长大了就更不能打了。这道理我父亲明白。再看此时，我父亲的脸色，就跟霜打的柿子一样难看，他长长地吐一口气，突然变得心平气和，他第二次把地质包扔回床上，说："刘长声，你有什么想法，就跟我和你奶奶说说吧。你进来，咱们都坐下来说。"

刘长声靠在门框上，很舒服的样子，虽然我奶奶吊在他的那条胳膊上，可他的那条胳膊依然丝毫未动。刘长声说："你们都走，我也想走。"刘长声还是抬着他那张黑脸。

我父亲刘天真对我奶奶说："娘，你就别用劲了。他壮得跟头牲口似的，你再用劲儿也白搭。"

我奶奶吭哧吭哧喘着粗气说："我豁上这条老命，也得治服你这犟孙儿。"

我父亲刘天真看上去非常疲惫，他垂着头，有气无力地说："要是你坚持要走，这事儿我得重新考虑考虑。"我父亲端起茶杯，像渴极了似的，把杯中的凉茶一饮而尽。

这时候，我奶奶也站在了地上，隔着我哥哥刘长声的一条胳膊和一根腿，心疼地瞅着屋子里的儿子。

我奶奶说："你说我都七老八十了，到城市那鸡巴地方干什么去，住的屋子还不如鸡屁股眼大，这孩子们想去也不是没有理儿，他们的好时候还在后面呢，要不我不去了，把这个指标给刘长声就得了。"

我父亲说："你是你，你是我老娘；他是谁呀？他是我儿，这隔着十万八千里呢！"说完，我父亲刘天真把手中的茶杯一下子摔在地上，我们家的地铺的是青砖，茶杯落地，立刻就发出破碎之声，说来也巧，一块碎玻璃正好从我父亲刘天真的腮帮子上扫过去，鲜血像蚯蚓似的扭动着身子钻出来。

我奶奶刘王氏嗷嗷地叫起来，但我哥哥刘长声却不为所动，他的胳膊和腿依然像钢筋一样坚硬无比，我奶奶跳起脚来，一巴掌就掴在我哥哥的耳蛋子上，也许这一下子来得过于突然，我哥哥刘长声的胳膊和腿竟然软下来，我奶奶骂道："孽障，要是放在前几年，我早就把你个小王八羔子的胳膊腿儿给拧断了。"

5

我和王小艾的结婚日期定在国庆节。

我们本来想等到明年春天，想存点钱，买两件像样的家具。王小艾了解了我们家的情况之后，轻轻地叹口气，说："我们还是自力更生吧，别指望家里了。"我点了点头，心里有些惭愧。这几个月来，我们把工资都放在一起，饭菜捡最便宜的吃。王小艾拍着我肚皮说："瘦多了师哥。等会儿我去买上半斤猪头肉，也让你长点肉解解馋。"王小艾说这句话的时候，秋天已经悄悄到来，我们俩躺在我那张窄窄的单人床上，正昏昏欲睡。我说："哪是什么猪头肉的事？"王小艾说："那是什么事？"我说："你呗。"王小艾愣了一下，接着，她明白了，伸手就在我大腿上掐了一把，我们笑着滚作一团。

那年夏天，我们生活得非常舒服，也可以算做幸福吧。然而，我却时常受到梦魇的缠绕。在一个漆黑的夜里，我突然从梦中醒来，我梦见了父亲。我梦见父亲领着我穿过一条长长的甬道，似乎就是火车站的那条地下甬道，但又似乎不是，那条甬道内只有我和父亲的脚步声，墙壁上的影子忽长忽短，我和父亲越走越快，而甬道却越来越深……最后是一声尖叫把我惊醒，汗水湿透了我的内衣，我坐在床上，点上根烟，过了好长时间，心脏还在突突乱跳。

也就在我做完这个梦的第二天早晨，一上班，王小艾把我拽出操作间，在轰鸣的机器后面，她趴在我肩上哗啦哗啦地掉眼泪，我有点儿不知所措。

"我父亲病了。"王小艾说。

"噢……"我知道他父亲近来身体不好，一种不祥的预感马上占据我的全身。

"是肝癌。医生说，最多还能活两个月。"王小艾猛地哭出声来，过了好半天，她才抽抽搭搭地说："他想见你一面。"

王小艾的父亲那年五十五岁，刚退休不到半年。我和王小艾来到病房时，王小艾的母亲和哥哥正坐在病床前面，他们看到我进来了，就站起来。王小艾的母亲弯下身子，声音低低地说："小艾的男朋友来看你了。"这时候，我才看到躺在床上的这个男人，他的脸色酱紫，头发已经剃光，身上盖着一床白被单，那高高隆起的部位肯定是他肿胀的肚子。

我走过去站在他面前，喊了一声叔。他睁开眼，浑浊的眼珠慢慢地显出光泽。他点点头，伸出手来握住我的手，笑了笑，说："我看人从没有看错过，第一眼，我就看出你是一个可靠的人，有这一点，就行了，别的并不重要。"我能感觉出来，他说话的时候，手上想用点力气，但最后，他的手还是软绵绵地放了下去。

在医院的过道里，王小艾的母亲面对着我，因为是第一次见面，我心里有点儿紧张。王小艾在旁边递给我一张纸巾，让我擦擦额头上的汗水。我们听她母亲在说话。

"你父亲的意思，就是让你们国庆节前后把事儿办了，你们俩人的情况我们都知道。你们在一块五六年了，彼此都应是非常了解了。你们愿意，我们就放心。"

"可什么都没有准备呀。"我心里有些着急。

"日子是慢慢过起来的，准备什么，领个结婚证，搞个婚纱摄影，再买张床不就得了，你母亲不在了，床上的东西我张罗就行。情况特殊，你们就这样办吧。"

我瞅一眼身旁的王小艾，王小艾几乎没有表情，她的目光盯在楼道里的一个白色痰盂上，她的眼皮子红肿着，比平时要高出许多，看上去她的样子难看极了。

我说："王小艾，你看，这事？"

王小艾说："办就办吧，早办晚办都一个样子，我们回去把屋子收拾一下，弄几个喜字一贴，多照几张相片，拿过来让我爸爸看看，也算尽点儿孝心吧。"

这时候，离国庆节还有不到一个月的时间。

从医院里出来后，我和王小艾开始盘算。我们坐在一个露天的冷饮摊前，一边吃着冰糕，一边谈着下一步的打算。

王小艾说："交个底吧，这几年存下多少钱？"

王小艾盯着我，那眼珠子射出来的光跟刀子一样尖。

我有些尴尬，眼神儿飘飘悠悠，跟做了贼似的，我说："不算这几个月我们放在一块的这些，最多也就是一千块钱。"

王小艾一听笑了，他说："刘长望，这几年，你不是没谈过对象吗？我知道男孩子一谈对象，就跟傻瓜似的拿着钱不当钱花，你那工资都花到哪里去了？"

王小艾剜了我一眼，接着叹口气说："也多亏这两年长了点工资，真是什么人什么命，省吃俭用，存了八千块钱，本来想找个有钱的，也留下点私房钱用，这下好了，拿出来吧，再加上我们存在一块儿四千块钱，刚好一万二，你看着弄吧。"

我给父亲写信，告诉他我和王小艾准备国庆节结婚，由于王小艾的父亲病得厉害，事情特殊，所以特别仓促，还想听听您的意见，没想到我父亲刘天真接到信后，第二天就马不停蹄地赶了过来。

我父亲刘天真一进家门，首先愣了一下，就跟走错了地方似的。也许屋子里变化太大，我父亲刘天真一时还无法适应，也许一路上坐车累了，反正我父亲坐在桌子前，半天没有说话。直到王小艾买菜回来，我父亲才有了精神，特别是王小艾不无着涩地喊了一声"爸"后，我父亲变得有点儿神采飞扬。我父亲刘天真向上推了推眼镜，先问了她父亲的病情，然后决定一会儿就去医院看望他的亲家。我父亲气色不错，他跟王小艾唠唠叨叨地说了很多，就跟我没在他旁边似的，后来他终于想起我来，扭头跟我说："我买了八只小羊羔，现在刘长声整天去地里放羊，你说不到一百天的时间，那羊一个个壮得跟小牛犊子似的了。"说完，我父亲嘿嘿地笑了。

我突然发现，我父亲的变化太大了。虽然他只回去了半年，可他说话的样子，立刻让我想起我老家的那些农民。可我父亲做了一辈子的工程师呀，也够得上是一个老牌的知识分子吧。我不知道为什么，想到这些，泪水就在我的眼眶里打转转，我的嗓子眼就疼得难受。

从医院回来，吃过晚饭，我父亲刘天真把我和王小艾叫到身边，他从怀里掏出五千块钱，说："现在，像我这样的老家伙占便宜了，你们看，这才几个月的时间，那银行的工资卡上就剩下了五千块钱，实话实说，我这个当爹的没多大本事，帮不上多大忙，还有十几天，你们要成家了，结婚应该是人生中的一件大事，但我还是尊重小艾父亲的意见。这五千块钱，有一千是给小艾买戒指的，这必须得买，剩下的，算是我和你哥哥的一点心意。到那天，我就不来了。"父亲的话越说越凄凉，最后他说："我们是平常人家，以后，你们还得过平凡日子呀。"

第二天，父亲就赶回老家去了，他不放心我哥哥。

我和王小艾商量，一切从简。

结婚的那天，由王小艾的哥哥张罗着，把他们家的亲戚，和几个车间里的同事请来，大家在一块儿只是很简单地吃了一顿饭，也算是热闹，因为车间里的几个同事都喝了不少酒，他们在我家里闹到半夜，他们走后，已经快十二点钟了。面对清冷的洞房，我和王小艾猛地沉默下来。风铃，鲜花，大红的喜字，还有放大了的结婚照，都突然变得平淡无奇。

还是王小艾打破了沉默，她一边脱着衣服，一边说："该做的，还得做，这可是个吉祥的日子。"

在我关掉电灯的一瞬间，外面猛地升起一团烟花，在我们的窗前绽放了。

6

我父亲刘天真到了县城，太阳已经变成火红色，有气无力地悬在西边的空中。那天下午，我父亲并没有去派出所，当我哥哥刘长声的胳膊放下去以后，我父亲的第一念头就是去县一中，去找我姐姐刘芬芳。县城里的柏油路踩上去软绵绵的，散发出刺鼻的沥青味儿，热气伴随着这股味道扑面而来，使我父亲有些晕头转向，他一边皱着眉头，一边捂着脸上的白纱布，那里面还火辣辣地疼着呢。

一中在县城的西边，我父亲就是在这里念完高中，考上大学的，所以说，他对这里并不陌生。然而，当我父亲刘天真走进一中的校园，让他惊奇的却是，他似乎又回到了三十年前，因为这里的一切都还是老样子。我父亲站在一棵槐树下面，看到三三两两的学生夹着课本从他身边走去，并且不时地瞅他一眼，心里便多了几分激动，见景生情，这很容易让他想到过去的时光。

"高二·三班，对，高二·三班。"

我父亲拦住了一个骑着自行车正准备离校的学生。

"高二·三班，你找谁？"

那学生瞅了眼我父亲脸上贴着的纱布。

"刘芬芳，我是刘芬芳的父亲呀。"

那学生扭过头去，手一指，说："刘芬芳，那不就是刘芬芳吗。"

我姐姐刘芬芳和她的一个同学，正抬着一簸箩白馒头从远处走来。

"刘芬芳，刘芬芳。"

我父亲刘天真的喊声底气不足，就像着霉了的鞭炮一般。但我姐姐刘芬芳还是听到了，她一愣，在夕阳中，单薄的身子如同柳条似的来回扭动了几下，她眼睛大大的，眉毛浓浓的，头发稍显淡黄，鬓角处细细的绒毛儿还清晰可见。这一年我姐姐刘芬芳十七岁，身体显然还没有显山露水。

我姐姐刘芬芳终于看到了我们的父亲刘天真，由于兴奋，她的脸变得通红，她跟她的同学交代了一句什么，就跑过来。

"爹。"我姐姐的眼睛里亮晶晶的，鼻扇一动一动，好像喘气粗起来，她站在父亲面前，显得有点儿紧张，有点儿手足无措。

"咱们出去吃饭。"我父亲刘天真高兴得合不拢嘴儿，随着脸上表情的变化，那块白纱布也在不停地抖动。

"爹，你这脸，是怎么回事儿？"我姐姐伸手摸了摸我父亲脸上的白纱布，这让我父亲刘天真有些尴尬。

"不小心，擦破点儿皮。"我父亲说，"咱们出去吃饭。"

"我还订了两个馒头呢。"我姐姐看了眼教室，她还有点儿舍不得那两个馒头，"我去把那两个馒头领出来，你稍等一会儿，我一会儿就回来。"

我父亲点了点头，他看着女儿苗条的背影，心中陡然升起一种情绪，就像潮水一样，迅速地塞满他的胸腔。

那天傍晚，我父亲刘天真和我姐姐刘芬芳来到学校附近的一家饭店里，我父亲点了一个香菇炖鸡，一个糖醋鲤鱼，又要了一瓶啤酒。我姐姐手里还攥着那两个馒头，她看上去不太适应饭店里的气氛，她的脸蛋红红的，眼神慌慌的，有点儿不知所措的样子，就好像有好多只眼睛盯着她似的。

"多吃，"我父亲说，"你看你瘦的。"

可我姐姐吃饭就像个孩子似的，她似乎没有胃口，拿着筷子东戳戳西晃晃。

我父亲干掉一杯啤酒，轻轻地叹了口气。这让我姐姐有点发慌，她抬起头，突然发现我父亲的镜片后面闪闪烁烁的，像是有什么东西，并且还一个劲儿傻盯着自己。

"全班人的饭就你两个去买？"我父亲说。

"我是生活委员，我不去买谁去买。"

"委员？这么说，你的学习成绩还不错。"

"不是很好，但也不是很差。"我姐姐声音怯怯的，"爹，你回来，是不是有什么事儿？"

我父亲的表情就像被人拿棍子戳了一下子似的，过了片刻，我父亲说："这不是回来给你们转户口吗？"

我姐姐刘芬芳一听就乐了，说："爹，这不是好事吗？这么说，我也变成城市人了。"

我父亲刘天真点了点头，接着又苦笑了一声。

"这么说，我就是考不上大学，也可以在省城里找一份工作，也可以像城里人一样骑着自行车上下班，浑身上下穿得干干净净的，这么说……"

我姐姐刘芬芳再也抑制不住脸上的兴奋，她突然变得热情高涨，她不停地给我父亲倒酒，嘴里还在不停地嘟囔着。

我父亲一看事情不好，立刻打断了我姐姐的胡思乱想。我父亲说："刘芬芳，你必须得考上大学，那考上大学和参加工作不是一个概念呀，那不一样，绝对不一样。"

"我知道，爹。"我姐姐的口气有点儿飘忽。

我父亲说："刘芬芳，还有一件事，我想说给你听听。"

　　我姐姐说："你说吧，爹。"

　　我父亲说："你哥哥他超了年龄，按政策他出不去了。"

　　我姐姐嗓子眼里"嗷"了一声。

　　我父亲说："可他想出去呀，你们都出去，他心里能不急？"

　　我姐姐说："那有什么办法？"

　　我姐姐刘芬芳看到我父亲皱着眉头，她也跟着皱起眉头来。我父亲并不说话，他只是一杯一杯地喝啤酒。

　　沉思良久，我父亲说："对你哥哥刘长声来说，这确实是最后一次机会了，原来我想让他考技工学校，可他学习不好，这个熊玩意儿，长了个猪脑子。"

　　我姐姐说："那有什么办法？"

　　我父亲说："要是你能考上大学，也许……也许就可以想想办法。"

　　汗水早已湿透了我父亲的衣服，说这句话的时候，不知道为什么，我父亲打了个寒战。

　　我姐姐说："那有什么办法？"

我父亲说："他可以……可以，沾，对，是沾你点光呀。"

我父亲脸涨得通红，说话吞吞吐吐，像是做了什么亏心事似的。

我姐姐猛地警觉起来，她目光如炬，紧盯着被汗水湿透的父亲。这时候，我父亲缩着脖子，两肘撑在桌子上，显得更加矮小。

"你是不是想偷梁换柱啊？"我姐姐问。

"偷梁换柱，对，这个词用得好，用得好。"我父亲像是有酒了，他说话开始含含糊糊。

"啪"的一声，我姐姐刘芬芳把筷子摔到桌子上，她扭着身子就跑出了饭店。我父亲刘天真急忙扭身结账。

我姐姐刘芬芳并没有走进校园，而且朝相反的方向走去，她脚步快快的，身子一抖一抖，一只手还捂着脸。我父亲刘天真一瘸一拐地跟在后面，他在饭店里坐麻了腿，他一只手揉着大腿，一只手里提着那个绿色地质包，他走路的姿势活像一只大袋鼠。

"刘芬芳，刘芬芳，你听我说，我只是跟你商量商量，你不愿意，就算了，本来就应该是你，天都黑透了，你往哪儿去？你还是回去好好学你的习，就当我什么都没跟你说。"

我姐姐刘芬芳终于在远离路灯的地方坐下来。我父亲走到她身边时，她已经什么事儿都没有了。

我姐姐说："爹，你坐下来，刚才我什么事儿都没有，我只是想问问你，你脸上这伤，是不是刘长声他……"

我父亲急忙摇头，连说了好几个不是。

我父亲说："昨天晚上我高兴，喝了几盅酒，给你奶奶他们打了几趟拳，一个飞脚落地，没站稳，来了个狗吃屎，脸擦了地。唉，爹真的不行了，要是前些年，哪有这事儿。"

我姐姐刘芬芳叹了口气，说："爹，你就给刘长声办吧，我什么都明白，真的。"我姐姐的眼睛亮晶晶的，她盯着父亲，她的话就像是从眼睛里流出来的一样。

我父亲刘天真突然像傻瓜似的愣住了，远处的路灯散发的淡黄色的光，使得夜色有些凝重，夏夜的清风拂面而过，带着庄稼阵阵清香。我父亲猛地想起地质包里的那把新口琴，那是他来的时候，特意给我姐姐买的。

7

我儿子小末出生的前一天，王小艾跟她母亲吵了一架。王小艾的意思是出院之后直接回她母亲家坐月子，因为那时候正是冬天，王小艾的母亲家有暖气，而我们这边没有暖气。王小艾从夏天的时候便想到了这一点，早向她母亲打了招呼，孩子马上要生了，她母亲却临时变卦。她母亲的意思是我们这边三间屋，房子宽敞，并且有两间朝阳，阳光充足，有助于孩子发育。

"只要买一台电暖气，问题就解决了。"王小艾的母亲不疼不痒地说："到时候，我过去伺候你就是了。"

王小艾不愿意。王小艾说："白天有阳光，那夜里呢？"想了想，王小艾又说："有暖气和没暖气，那还是不一样，那尿布一块块的，往暖气片上一放，干了，在我们那边，往哪里放？"

王小艾的母亲说："这你不懂，尿布还是太阳晒干的好，那太阳光杀菌，你光拿暖气蒸干了，那不好。"

说来说去，王小艾的母亲还是不愿意。这一下子把王小艾惹火了，王小艾挺着大肚子，一只手放在后面的腰上，一只手指着她哥哥睡觉的那间屋说："不就是耽误他们睡几天觉吗？说句不好听的，不就是耽误他们操几天×吗？"王小艾也不看她母亲的脸色，提起包袱，甩门走出来。

那时候，王小艾的哥哥还没有结婚，正跟他的女朋友打得火热，原来王小艾在家里住的时候，王小艾的哥哥没有办法，只能跟那个瘦瘦的小女孩在大街上吊膀子。去年王小艾一结婚，他父亲又一去世，那房子立刻便空了出来，王小艾家有两间屋，这一下子，他哥哥就有了一间，跟那瘦女孩的关系也步步升级，实际上，他们已经同居很长时间了。本来王小艾的父亲去世前，是想让他哥哥先结婚的，但那个瘦女孩年龄太小，也许那时候她家里根本就不知道她在谈恋爱。王小艾的父亲死后，王小艾的母亲更是睁一只眼闭一只眼，天黑一关门，两耳不闻窗外事。王小艾认定她母亲就是因为此事，才不让她回家的。

"他单位上有集体宿舍，不就是一个月的时间吗，那么出了月子我再回来呢？我也知他个情吧。"王小艾伤心透了，"吧嗒吧嗒"地掉眼泪，两只眼睛也哭肿了。

我说："王小艾，还有一个星期就到预产期，你傻瓜不是，这时候你生气，哭哭啼啼的，你是爱孩子还是害孩子？"

王小艾一听，便不哭了，她两手捂着大肚子，两只红通通的眼睛可怜兮兮地望着我。我摸了摸她的头，说："明天我们去买电暖气，你母亲说的也不错，有个电暖气就行了，我还没听说这样的天能冻死孩子呢。你应该知道，你母亲也是有难处的。"

王小艾发狠地说："买，买最好的，功率最大的。"

第二天，我和王小艾去了三联家电市场，由于目标准确一致，所以很快，电暖气就买回来了。下午，王小艾把她那头长发给剪了，剪头发的时候，她的模样看上去怪可怜的。回到家打开电暖气，你别说，屋子里很快就暖和起来。王小艾一会儿摸摸她的短发，一会儿摸摸她的肚子，说："都是因为你这个小东西，你还在里面踹我。"说完，王小艾独自笑起来。

没想到那天晚上，王小艾的肚子就一阵一阵地疼。我心里慌张极了，上蹿下跳，不知道如何是好。我说："我去喊你妈吧。"

王小艾一把攥住我的手，她咬着牙，摇摇头，说："准备衣服，去医院。"

我们来到医院时，已经是夜里十点多钟。正好碰上一个女人刚生完孩子，等在走廊里的一家人兴奋地往里面探着头，那个年龄大点的女人显然是孩子的奶奶，她对身边的那个小伙子说："红糖不多，你再去弄一斤。"小伙子刚要走，那个年轻的女人说："你别去了，我去吧，我正好回去把那几个猪蹄熬上。"小伙子说："你回来，直接去病房就行了。"孩子的奶奶高兴地说："我就知道是个小子，我就知道是个小子。"她看到王小艾走过来，说："孩子呀，做好思想准备吧，我们在这里待了二天一宿呢。你看你看，出来了出来了。"这时候，女人和孩子捂着厚厚的被子，被推了出来，然后，朝病房的方向走去了。片刻之后，楼道里恢复了平静。

王小艾朝我瞪了瞪眼。这时候，一个护士指着我们说："进来吧。"

王小艾走进门去，我跟在她后面，正要进去的时候，那个护士使劲儿敲了两下门上的玻璃。我这才看到"男宾止步"四个大字。

我把带来的衣服放在旁边的排椅上，揣着手，不停地轻跺着脚，心里恍恍惚惚的，也不知道是一种什么滋味。

不一会儿，王小艾出来了，她两手捂着高高的肚子，脸上露出痛苦的表情。

我问："怎么样？"

她摇了摇头，说："大夫让咱们回去。"

"回去？回哪？"

"回家呀，大夫说了，还早着呢，人家说明天早晨吃完早饭再过来也不晚。"

我说："你疼吗？"

王小艾说："怎么不疼，我觉得越来越厉害呢。"

"里面有床吗？"我问。

"都空着呢，就我一个人。"

"你跟大夫说，我们在这里等着，不回去了。"

那一刻，不知道为什么，我心里异常坚定，就好像有什么人告诉我：你不能回去，你不能回去。

一个医生出来锁那个写着"男宾止步"的门。我走上前，客气地说："大夫，如果有什么事儿，我在这里等着呢。"没想到那个医生突然瞪起了两眼，说："你这是自找的，这么冷的天，让你们回去，暖暖和和地睡个觉，明天早上再来，多好。你非得在这里挨冻。不是活该是什么？"说完，那医生拍了一下锁，头也不回地走了。至今，我还能记得那黑乎乎的楼道里，那两颗凸出来的大牙和一个尖尖的嘴巴子。

我不停地抽烟，一点儿困意都没有。子夜一点钟的时候，我走出那幢大楼，我发现外面飘起了雪花，路灯散下昏黄的光泽，雪花在灯光下，安静地飘着，一股清凉的气息钻进我鼻子，我猛地产生出一种从未有过的幸福。

等我回到产房的走廊里时，护士和医生已经忙碌起来，刚才那个医生走过来，她伸出三个手指头，说："没想到这么快，已经开了三个指缝。"她的面孔模糊不清，但说话的口气，似乎稍稍有一些歉意。

不过很快，所有的不快都被王小艾的尖叫声所代替。我不知道，在这深深的冬夜，这歇斯底里的尖叫声意味着什么，它们如同一枚枚闪烁着清冷光泽的钢针，深深地插进我的胸腔。

我们的小末诞生了。

8

在给我哥哥刘长声转户口过程中，并没有碰到什么障碍，这令我父亲刘天真非常高兴，年底他回到家来，再见到我哥哥刘长声时，底气就足了许多。

"刘长声，倒水。"我父亲刘天真坐在那把太师椅里，对面的炕上坐着我奶奶。

我哥哥刘长声低着头弯着腰，站在我父亲刘天真面前，毕恭毕敬。他穿着一身皱皱巴巴的西服，还系了一条斜条纹的红领带，他已经把自己变成城里人了。

这一天正是腊月二十三，过小年，零碎的鞭炮声不时响起来，我和我姐姐刘芬芳在院子里放了几个鞭炮，听到我母亲在屋子喊："都进来，吃糖了。"

我一走进屋子，就觉得气氛不对劲儿。我父亲刘天真坐在椅子里，腰挺得笔直，我哥哥刘长声站在我父亲身边，两只手合在一起，放在小肚子上，一本正经的样子。我母亲把一盘子糖果端过来端过去的，我奶奶盘腿坐床上，说："刘长望，坐好了，坐好了，听你爹说话。"老太太的眼神儿有些零乱，话说底气儿也不是很足。

屋里便静下来，只有火炉上的铝壶发出"嗞嗞"的声音。

我父亲刘天真说："单位上给了两间房子，虽说不太宽敞，但毕竟在城里有了个窝儿，我的意思是，过了年就搬家。过了年一招工，刘长声就可以找一份工作，再往下要看他自己的了。"

我父亲刘天真喝了口茶，我哥哥刘长声急忙添上，他龇着牙站在那里，不停地点头。

"德行。"我姐姐刘芬芳的鼻子差点戳到我脸上。

我父亲刘天真接着说："刘芬芳你一定不要泄气，这大学你必须得考上，听到了没有？还有半年的时间，你可要挺住呀。"

我父亲刘天真语重心长，跟我姐姐说话的口气，就像含着贻糖似的，软绵绵的。可我姐姐刘芬芳似乎并没有注意到这些，她把脖子扭向一侧，没好气地说："那是我个人的事情，用不着你们去操心。"

这话儿把我父亲刘天真噎了一下，我父亲梗着脖子愣在那里，嗓子眼里就像塞了一块鸡骨头似的，半天没有说话。

"这个死丫头，你怎么跟你爹这样说话。"我母亲有些看不过去。

"没有规矩不成方圆，这丫头，全让你们给惯坏了。"我奶奶愤愤不平。

"那我出去做饭，反正我就是个死烂丫头。"说完，我姐姐从炕沿上跳起来，走到屋外去了。

这时候，一颗烟花火球打在窗玻璃上，接着，我们闻到了火药味儿。我父亲刘天真说："好了好了，我接着说。我们单位劳动服务公司下面，有一个饭店，是专门安排家属的，这样，孩子他娘也有了着落，所以，我们下一步生活上还是比较乐观的。你说是不是？娘。"

老太太瞪了瞪眼，什么也没说。

接着，我父亲刘天真加重语气说："现在我们商量一下，家里这房子，到底卖还是不卖。"

"卖，不卖干什么，谁还回来住。"我哥哥刘长声很干脆地说。

"还没轮到你说话，娘，你先说说。"我父亲刘天真把腰弯下来，瞅着我奶奶。

我奶奶坐在炕头上，耷拉着脖子，半天没有说话。

外面的鞭炮声猛地多起来，过年的气氛愈加浓重，后来，我奶奶抬起头，朝黑漆漆的窗外看了一眼，说："我儿，你爹死得早，我就你这么一个独子，你又是一个有文化的人，娘信得过你，你定吧。人说搬家三年穷，我知道你缺钱用。但有一点，这宅子可是咱们家……唉，咱可不能贱卖呀。"老太太看上去有些伤心，说话的声音也低了许多。

我父亲刘天真叹了口气，说："这宅子，我也有些舍不得卖，但首先是这个问题，以后谁还回来住？再说了，现在不卖，等几年回来再卖，谁还理你这碴儿，就不值钱了。这么说吧，现在它值一万，等几年，三千也卖不上了。"

屋子里又是一阵沉默，后来，我父亲刘天真从椅子里直起腰，他咬了咬牙，说了一个字："卖！"

吃罢晚饭，我父亲刘天真走出门去，他得先把卖房子的风扇出去，人家想买的才会托人上门来找。

我奶奶这顿饭没吃多少，她夹了两筷子鱼，便停下来，她看看这里，瞅瞅那里，接着又走到院子里。我母亲说："刘长望，你看看你奶奶干什么去了，这么半天，还不回来。"我一开屋门，就看到站在院子中间的老太太，在黑暗中她的白发尤其明显，她正站在那里发愣怔。我说："奶奶，怪冷的天，你站在那里干什么？"我奶奶说："刘长望，你去看看鸡窝里，鸡全了没有？那么多放鞭炮的，别吓着它们。"我说："都几点了，还看鸡窝。"我奶奶嘴里嘟囔着，开始绕着院子转圈，她一会儿走到偏房的窗户下面，摸摸挂在上面的农具，一会儿走到西墙底下，拍拍那棵一尺粗的老枣树。这时候，我姐姐刘芬芳走出来，我说："你看咱奶奶，你看咱奶奶。"我姐姐刘芬芳的眼皮子鼓鼓的，她没有理我。她走到奶奶身边，一把抓住奶奶的胳膊，说："奶奶，咱进屋去吧，这里冷。"说完，我姐姐刘芬芳呜呜地哭起来，她把头抵在奶奶瘦小的肩头上，身子一抖一抖的。我奶奶说："丫头，你哭什么，人往高处走，水往低处流，这是好事呀，你哭什么，别人家想走还走不了呢，你哭什么，这是花多少银子也买不来的好事呀，你还哭。"

卖房子的事儿，很快就有了眉目，第二天上午，族长二爷来到我们家，他扛着一杆长烟袋，穿着干净的黑对襟棉袄，进门就对我奶奶说："嫂子，你要进城享福去了。"

我奶奶正端着鸡食盆子喂鸡，族长二爷这么一喊，老太太差点把盆子扔出去。老太太并没有注意到二爷进来，她的心里不知道想什么去了。族长二爷说："嫂子，我看你心神不定的呢，你看你这脸色，还不如前几天好，咱可别拖孩子的后腿呀。"

我奶奶正支支吾吾的不知道说什么好，我父亲刘天真从屋里走出来，他攥住二爷的手说："哎呀，二叔是你，你快屋里坐，屋里坐。"

我正好坐在外间屋里做寒假作业，族长二爷和我父亲刘天真忽高忽低的声音我也听到一些。

"天真，这农村的情况你也了解。"二爷的声音。

"怎么会不了解呢？"

"出个价吧。"二爷的声音里有股子寒气，我竟然打了个寒战。

"二叔，我综合了这宅子的位置、地基、房子的情况，你看，一万二……"

我父亲刘天真没说完，就被族长二爷一阵猛烈的咳嗽声打断了。二爷好像是让烟呛了一口。我觉得我们家的房子都开始动弹了。我起身往外跑。我听到二爷的咳嗽声里夹杂这一句话，"这是天价呀，天真……"

外面的太阳很好，它暖烘烘的，我站在屋门的台阶上，看到我母亲和我姐姐刘芬芳正在拧一床洗干净的被单，那被单被拧成了麻花状，似乎不能再拧了，但她们还在用劲儿。我哥哥刘长声正在往外收拾偏房内的东西，它们被乱七八糟地堆在院子里，那种陈旧发霉的气味被阳光融化了，飘得到处都是；我奶奶正拿着破布擦那把大刀，那把大刀被我奶奶视为宝物，那还是嫁给我爷爷的时候，她父亲陪送过来的，至少有五十年了，可它在阳光下，仍然透出一股冷冰冰的凉气。看着看着，一股热乎乎的东西就涌到我的脸上，涌进我的眼里，我第一次发现，我们家的院子是如此宽敞。

过了一会儿，族长二爷的笑声便从屋里飘出来。我父亲刘天真推开屋门，阳光呼隆一下子涌进屋去，我父亲说："二叔，你就在这里吃吧。"

二爷精神头很好，端着长烟杆，挺着腰板，说："我还得跑那边一趟，如果大伙都同意，咱就明天晚上办，你看如何，天真，我知道你也急呀。"

二爷说完拍了拍我父亲刘天真的手背，然后他又回头跟我奶奶说："嫂子，还是你有福气呀。"

我奶奶说："他叔，我哪儿也不想去，我是没办法呀，我要有一点儿办法，我死到这里也不愿意走呀。"

二爷说："净说傻话，我看你是乐糊涂了。"

二爷一出门，我奶奶一把就攥住我父亲刘天真的手，问："我儿，人家出多少钱？"

我父亲刘天真低声说道："九千五。"

"娘，咱都快走了，人家都拿咱一把呀，所以我说，要是等几年回来再卖，三千块钱也卖不了的。"我父亲皱着眉头。

"谁家想要？"我奶奶又问。

我父亲愣了一下，拿手指了指院墙那边，他有些担心地瞅了我奶奶一眼。只见老太太的脸腾地一下就涨红了，老太太挪动着小脚，来到枣树下面，操起刚擦过的那把大刀，就朝我父亲撵来。我父亲刘天真一边往后退，一边喊着娘。我母亲和我姐姐刘芬芳的脸都吓白了。还是我哥哥刘长声，他几步跑过来，一把夺下了我奶奶手里的大刀，"咣当"一声扔到远处，说："卖给谁不一样，钱不少就行呗。"老太太一屁股坐在地上，一把鼻涕一把泪地哭起来，想把几十年的委屈都哭出来似的。

顺便交代一下，我们家的邻居外号叫臭虫老三，捏不死，抖不掉，属于那种"泥腿""半青"，谁见了谁躲着走的主儿，我爷爷死得早，这些年，我奶奶受够了他们家的气，要不是我奶奶娘家的声望，也许我们家早就过不下去了。光那些陈芝麻烂谷子的事儿，加起来，也够几箩筐的，在这里，便不再多说。反正一句话，我奶奶是不愿意卖给他家的，可到了当天晚上，族长二爷一来，我奶奶就改变了主意，她同意了，谁心里都明白，她是不想让她儿子为难。

第二天正好是腊月二十五，下午，我母亲置办了十个菜，我奶奶说心里不舒服，我母亲不让她插手，让她上炕去休息，可老太太闲不住，把多年的陈旧衣服都翻了出来，趁着天气好，她让我姐姐刘芬芳帮她晾一晾，不能用的便送人，扔掉，能用的便再放起来，带到城里去，"将来你们有了孩子，多少料子也不怕多的。"我奶奶对我姐姐说。"我一辈子也不要孩子。"我姐姐刘芬芳没好气地说，她有时候最讨厌我奶奶唠唠叨叨个没完。我奶奶就非常失落，两眼无光，淡淡地说："唉，老了，说话也让人烦喽。"

天刚黑，族长二爷便走进门来，后面跟着村里的王会计和臭虫老三。王会计手里拿着纸墨笔砚，脸上毫无表情，臭虫老三提着一个人造革提包，见了我们家谁都是点头哈腰的，嘴甜得要命，就像好几年没见面的亲戚。

我父亲刘天真迎出来，一阵寒暄，来到屋里，八仙桌早被擦得锃亮，在电灯下，它散发一团火红的光泽，族长二爷拿手轻轻抚摸桌面，说："天真，你这桌子若不带走，二叔我可要了，价钱嘛，你出。"说完哈哈一笑，大伙也跟着笑了起来。然后二爷上座，我父亲刘天真和臭虫老三分别坐在东西两侧，另一个座位就是王会计的了，王会计把笔墨纸张拿出来，放在桌面上。这时候，我父亲掀起衣角，不停地擦他的眼镜片，他看上去有点儿紧张。我母亲把菜端上，我哥哥刘长声打开一瓶白酒，烫上。族长二爷清咳一声，说道："把老嫂子请来。"我父亲忙说："我娘她……不上桌。"族长二爷说："老嫂子年龄最长，她可以坐在后面的炕上嘛。"

既然族长二爷说了，我父亲刘天真也不好驳他面子，出去半天，才把我奶奶叫来。我奶奶的表情不咸不淡，她瞅也没瞅臭虫老三一眼，便跟二爷说："我一个老太太，凑什么热闹。"族长二爷说："嫂子，有你在我们身后，我们心里也有个底儿。你们说是吧？"

我奶奶上炕，把后背靠在被子上，两手一揣，说："你们忙吧。"

族长二爷这才端走酒杯，开口说道："今侄儿天真举家上迁，这是天大的好事，卖掉先人业产，实属无奈，但古今如此，话不多谈，三弟有意承接，实属大幸，一个刘字掰不开，毕竟是一家人嘛。这杯酒，干掉。"

王会计把墨汁摇匀，倒进砚台里，纸展开了，笔提了起来，臭虫老三也拉开了那个人造革提包。正在大伙凝神静气之时，我哥哥刘长声来到我父亲刘天真身边，低声说："你看我奶奶。"我父亲一回头，只见老太太揣着手，盘着腿，弯着腰，头几乎抵到炕面上。

"娘，你怎么了？"

我父亲刘天真喊了一嗓子，急忙起身。大伙也扭过头。我父亲捅了捅我奶奶肩头，我奶奶瘦小的身子竟然歪倒在炕上，老太太牙关紧咬，脸色苍白。我父亲刘天真有点蒙了，他站在那里，竟然半天没有反应，还是族长二爷喊了一嗓子："愣着干吗，还不快送医院。"

"脑出血。"医生淡淡地说。

我父亲刘天真号啕大哭："难道这是天意！"

十天之后，我奶奶与世长辞。

当然，房子的事情，也就没人再提了。

9

　　我儿子小末一周岁的时候，王小艾想回厂上班。面临最大的问题是没有岗位，我几次找到车间主任。车间主任都给我算一笔账，他说如果王小艾再歇一年哺乳假，在这期间，她每个月可以拿到二百四十块钱，但如果上班的话，就是有岗，她也不过能拿四百多块钱。孩子呢，如果送托儿所，一个月少说也一百八十元，这等于王小艾一个月白忙活。

　　我回家跟王小艾一说，王小艾觉得也是这个道理。于是我又给她续了一年的哺乳假。王小艾说："反正比下岗强得多吧。"实际上，这也是厂里没有办法的办法，如果这事放到前几年，别说两年哺乳假，就是半年，也是不可能的。

　　王小艾自己却另有打算，她母亲现在退休在家，她想让她母亲帮她看孩子，当然，这是不白看的。

　　"一个月给她两百块钱。"王小艾说。

　　这时候，王小艾已经给自己找了份不错的工作。那就是给皇泰房地产公司卖房子，并且还挂了个不大不小的衔，叫公关部副主任。王小艾把那张散发着香味的名片塞进我手里的时候，脸上荡漾着得意之色，那时已是晚上十点钟了。王小艾说："一个月八百，如果干得好，三个月后加薪。"王小艾说这话时，刚洗完澡，她的头发又重新长长了，湿漉漉的，披散在光滑白嫩的肩上，她对着镜子，不停地甩着头发，有一股浓浓的香味儿弥漫在屋子里，她的面色红润，眼睛里充溢着一种亮晶晶的东西。生完孩子后，王小艾比原来胖了一些，因为她个头高，可以说变得更加丰满。比起原来那个瘦高的女孩，王小艾漂亮多了，几乎每一个地方都能让人咂摸出滋味来。那天晚上，王小艾变得极其主动，她扭动着腰肢，迎合着我瘦骨嶙峋的身体。脖子昂着发出"嗷嗷"的叫声，如同一匹狂躁的母狼，说来也怪，消失已久的那种感觉又重新降临在我们身上。美好的感觉令我热血沸腾，似乎每一下都落在了实处，每一下都有所不同。后来，王小艾叼着我的耳朵不停地说着谢谢，我不知道她谢我什么，望着陶醉着的小艾，我的心中产生了一种强烈的满足感，我就像一头老黄牛似的，喘着粗气，瞪着温柔而又毫无光泽的眼睛。

那是一个美好的夜晚，同是，又是一个危机四伏的夜晚。

我们的儿子小末茁壮成长健康活泼，他看上去更像他母亲王小艾，这令王小艾的母亲打心眼里高兴，他唯一像我的地方就是那对大耳朵，粉红，圆硕，就跟两个大括号似的，把他那颗小光头括在了内面。这时候，王小艾的母亲已经跟小末无法分开，天稍一暖和，她便把小末接到她家里，不再让小末回来。王小艾就像是甩掉了一个沉重的包袱，身体轻去许多，气色一天比一天好，身上的衣服也在花样翻新，发型更是几天一个样子，似乎有用不完的劲儿，当然，要求也是水涨船高，到后来，我真的有点吃不消了。

我说："王小艾，你怎么变得跟一只老虎似的了。"

王小艾说："我就是一只老虎，就是一只老虎。"说着，她学着老虎的样子，一下子蹿到我身上来。

夏天到来的时候，王小艾的情况有了变化。在王小艾和我的说话中，出现了另外一个男人，那就是老扁。老扁这个人我从没见过，他是王小艾的上司，皇泰房地产公司的副总经理。王小艾说他是总经理的亲侄子，每次提到老扁这个人，王小艾总是满面红光。

"老扁这个人真有意思，这家伙出手大方着呢，他竟然拿奔驰换了辆破皇冠，带我们去麦当劳吃快餐时，差点把皇冠开到梧桐树上去。"

说着说着，王小艾就咯咯地笑起来。这时候我们正在吃饭，面对着面，王小艾的眼神儿却总也落不到我身上。虽然她吃着我做的饭菜，但那一刻，她似乎依然沉浸在某种氛围之中。

"王小艾，你的魂叫那个老扁给勾跑了是不是？"我的口气有点儿酸溜溜的。

王小艾这才有所警觉，她龇了龇牙，接着就把话题引开了，她说："我们买空调吧。"

"买，"我说，"你挣那么多钱，不买留着长蛆呀。"

"什么意思？"王小艾的面孔变得严肃起来。

"没什么意思，厂里的情况你又不是不知道。"我也没了好气。

我说这话的时候，厂里已经三个月没发工资了。一开始，大家还开着玩笑说，肯定是厂长出国还没有回来，他不签字，那工资谁敢发呀。大家都知道厂长出国的事儿。直到有一天厂长穿着工作服，戴着安全帽极其严肃地出现在大家面前时，大家知道，厂长回来了。"厂长回来了，厂长回来了。"大家都兴奋地传递着消息。于是大家盼星星盼月亮，盼着把工资发下来。但又一个月过去了，还是没听到发工资的准信儿。人们的心里这才有些慌张，话也没那么多了，玩笑也不开了，但工作却还是照干不误。

"多亏没回去，要回去不就傻眼了，喝西北风去。"王小艾松了口气，她感到非常庆幸。

应该说，在感情上我是一个比较麻木的人，但这个夏天，我突然变得敏感起来。我心里明白，也许金钱真的能够摧毁一切，但同时，我相信金钱也有金钱的弱点。于是，里里外外，我都在努力地设置一种氛围，每到星期天，节假日，我都要把王小艾的母亲和我们的儿子小末接过来，做一桌子可口的饭菜，营造出一个大家庭的气氛。

10

那年春天，我哥哥刘长声进橡胶厂做了钳工。上班去的那天早晨，他平生第一次刮了胡子，换上了一身干净的衣服，骑上我父亲刘天真刚给他买的一辆飞鸽牌自行车，看上去精神十足。我哥哥怀着美好的心情，开始了他的新生活。我母亲有些担心，她不停地嘱咐我哥哥骑车要慢一点，她怕我哥哥不太熟悉城市的道路。

"毕竟是刚刚进城的农村孩子。"我母亲从阳台上往下瞅着，不无担心地说。

我哥哥刘长声对城市生活似乎非常满意，第一个月发工资，他就有了报答我父亲的意思。他买了两只烧鸡和一瓶不错的酒，又让我母亲做了两个菜。他和我父亲刘天真坐在桌子两边，两个人都不说话，只是频频举杯。我哥哥刘长声把酒杯往我父亲面前一端，然后抽回胳膊来一饮而尽，他不时地被酒精呛得咧一下嘴。我父亲刘天真把鸡骨头嚼得咯吱咯吱响，他从油乎乎的手里伸出两个指头，轻轻端一下酒杯，看上去还有点儿优雅。

那应该是一个周六的晚上，外面下着小雨，天气不冷不热。这样的天气喝个小酒，确实让人心里舒服，用我父亲刘天真的话说就是感觉蛮好。可我母亲似乎看出事情的不妙，她不时走过来想夺我哥哥手里的酒杯，都被我父亲刘天真挡住了。我父亲说："夺什么夺，喝，我们地质队员，哪个没醉过酒，没醉过酒，那叫什么男人！"说完，我父亲自己先来了一口。能看得出，那一天，我父亲刘天真心情不错。我母亲脸涨得通红，可她从来都没有反驳过我父亲的话，如果我父亲说去杀人，也许她也认为是对的。

事情首先出在我哥哥刘长声身上，后来他喝得抬不起头来了，趴在桌子上呜呜哭。我父亲刘天真就哈哈地笑，说："好儿子，喝醉了，终于喝醉了，没醉过怎么能叫男人？"我哥哥刘长声根本听不见，他的哭声越来越大，并且一边哭着一边喊奶奶。我父亲刘天真支棱半天耳朵，才听清楚我哥哥是在哭奶奶，他眉头一皱，站了起来，晃悠半天身子，才算站稳。我母亲走过来拽住我父亲的胳膊，说："丢人不丢人，不让你们喝这么多，就是不听。"我父亲刘天真捋胳膊，挽袖子，指着我哥哥，前仰后合地忙活好一阵子，看上去是想说两句，但最终还是什么也没说出来，接着头就耷拉了下去，骨头也软了，身子几乎歪在我母亲怀里。我母亲喊我过去，我们连拖带扯，总算把我父亲弄到床上。我哥哥这边却嗷嗷地吐起来，难闻的酒臭味儿立刻弥漫了整个屋子，气得我母亲踢了我哥哥的屁股两脚。我哥哥刘长声如同一只死狗，趴在地上，根本没有感觉，我看到我母亲一边收拾着满地脏东西，一边抹着眼泪。我默默地打开门，走出去。那时候，已经是夜里十点多了。

我哥哥刘长声不爱说话，但心事不少，这一点，我父亲和我母亲都忽视了。

夏天一热，我姐姐刘芬芳又回到家来，住成了问题。那时候我父亲住的还是两室的房子，三室是后来才调上的。我哥哥刘长声没有办法，只好硬着头皮，扛着两箱子饮料，去找厂里的房管科长，费了好多周折，我哥哥才算得到了一个床位。

但事情却恰恰出在这个床位上。跟我哥哥住在同一间宿舍的，是一个中专生，那间宿舍他已经住了好几年，人也熬走了好几个，刚好最后一个也结婚走了。于是，他理所当然地把那间房子当成自己的了，那时候，中专生正在谈恋爱，有一间房子本身就是一种巨大的吸引力。所以我哥哥刘长声一搬进去，他立刻就炸了庙，他差点跟房管科长动起手来，但科长毕竟是科长，中专生想揍人，也得先看看对象。中专生一看揍科长不行，又把目标转向我哥哥刘长声，可他比我哥哥矮半头，瘦瘦的，是个小白脸儿，他一看我哥哥刘长声胳膊上那几块贼亮的肌肉，心里就打怵，但中专生还是想试一试。第二天，我哥哥刘长声的被子就被扔了出来，我哥哥没吱声，他拍打拍打被子上的尘土，又重新放回屋里的床上，中专生的意思是想把我哥哥激怒，然后把他揍一顿，那样他就有话说了，可他没想到我哥哥一点儿反应也没有。于是没过多长时间，中专生又把门上的锁换了。我哥哥开了半天，没开开，一看，锁是新的，我哥哥抬起脚，一脚就把门踹开了。我哥哥也买了一把新锁，他换上后，把一串钥匙放在中专生的桌子上。这一次，中专生又输了。这些事情，我哥哥从没跟家里谈过，只是后来他病了，我父亲刘天真去橡胶厂，才听人家说的。

后来，中专生的对象，一个脸上长满黑瘩子的女孩也来帮忙了，她几乎整天待在宿舍里，身上穿得很少，有时候，我哥哥在这张床上躺着，她和中专生就在另一张床上躺着，她和中专生是想把我哥哥刘长声给"羞"出去。一开始，我哥哥的确有些不好意思，但没过几天，我哥哥有了办法，他进来屋，把"随身听"的两个耳机子往耳朵里一塞，脸上的墨镜也不摘，往床上一躺，便开始听音乐。一看效果不佳，那个女孩子就过来得少了。

　　我哥哥刘长声在那间宿舍里度过了整整一个夏天。进入秋天以后，发生了一件事，这件事确实把我哥哥给吓坏了。有一天深夜里，我哥哥刘长声被一股刺鼻的气味儿熏醒了，他迷迷糊糊地坐起来，慢慢睁开眼睛，借着月光，他猛地发现地上亮晶晶的，他下来床，蹲下身伸手在地上摸了摸，手指上凉凉的，湿漉漉的，他把手指头往鼻子下面一放，汽油味儿更加浓烈，他心里还在纳闷，汽油怎么会洒在地上？可当他一抬头，突然发现了一对眼睛，在黑暗中，那对眼睛发出一种绿幽幽的凶光。我哥哥"啊"地叫了一声，似乎才从噩梦中醒来，他从地上蹦起来，拽开门，就跑了出去。从那天开始，我哥哥再也没走进那间宿舍。

　　也正是那年秋天，我姐姐刘芬芳高考落榜，她也无心再去复读，由于她不是城市户口，所以她只好进了一家外资企业。于是，我哥哥刘长声又回家来住了。但他精神恍惚，他几次跟我母亲说："娘，有人要杀我。"他明显地瘦了，话也更少了。我和他在一个屋里睡觉，一觉醒来，经常发现他黑灯瞎火地坐在床上发呆。我和母亲都认为他是上班累的，因此，谁也没拿这些小事情当回事儿。

但实际上，我哥哥刘长声正在遭受着沉重的打击，虽然那个床位他主动放弃了。但一些对他不利的谣言却不时地钻进他的耳朵，说他曾经在农村有一个对象，都把人家睡了，进城来的时候，又把人家一脚踹了。说他有狐臭，割过好几次，却臭味不减……有一段时间，我哥哥刘长声最怕去的地方就是工厂。人们都跟他熟了，开始和他开玩笑，到后来，看到我哥哥虽然身材魁梧，但人极老实，又不爱说话，就开始耍他。

那几年，我哥哥刘长声的婚姻问题一直是我父母心中的一块大病。一是我们家的条件不行，二是我母亲一直还想让我哥哥找一个城市户口的对象。"长相无所谓，工作吗，也无所谓，只要是城市户口就行。"我母亲的要求不高，但有城市户口的女孩子却没有一个能看上我哥哥的，见上一面，人家就不想见第二面了。

这一年冬天，终于有一天女孩子想跟我哥哥见第二面，这令我哥哥刘长声兴奋不已。后来她还来我们家吃过几次饭，虽说胖了些，但还没胖到没了人样的地步。"我觉得这个孩子不错，嘴甜，心眼实。"我母亲挺着

嘴，非常高兴的样子。听母亲这么一说，我哥哥刘长声
龇着牙，也是喜滋滋的。

但随后发生了一件事，这件事，直接导致了胖女孩
跟我哥哥关系的破灭，也直接导致我哥哥病情的加重。

那是一个周末的晚上，我哥哥刘长声领着胖女孩回
家来吃饭，那当然是胖女孩最后一次来我们家吃饭了。

那天外面飘着大雪，我父亲刘天真买了几斤羊肉
片，我们一家人围着桌子涮羊肉，我们家的屋子里没有
暖气，虽然点着蜂窝煤炉子，但胖女孩还是冻得直跺
脚。我母亲让胖女孩上床盖上被子，但胖女孩两手捂着
耳朵，就像没听见似的。

饭后，胖女孩提出要走，我哥哥刘长声出去送她，
事情就发生了。胖女孩出来大门，下一个陡坡的时候，
脚下一滑，一屁股坐在地上，胖女孩的大屁股如同一盘
小磨似的砸在雪地里，只听"砰"的一声，胖女孩的两
只小辫几乎同时竖了起来。可能是胖女孩的样子有点滑
稽，我哥哥刘长声嘿嘿地笑了，平时，我哥哥刘长声可
是个不爱笑的人，他这么突然一笑，看上去就有点傻，
他伸着脑袋，揣着手，两只脚还在不停地跺着，身子也
在幅度不大地左右摇晃着，就像一个正在看闲景的老农

民。直到胖女孩坐在雪地里抹起眼泪来，我哥哥刘长声才想起要扶人家一把。他的手还没碰到人家胖女孩衣服，人家胖女孩便从地上爬起来，看都没看我哥哥一眼，揉搓着屁股就跑远了。

我哥哥在雪地里愣了半天，心里后悔极了。但这没用，胖女孩很快捎话过来了，说："一个土得掉渣的傻帽儿，一个脏乎乎的土包子，拜拜吧，你。"

我哥哥刘长声的恋爱史就此结束。这次打击，对他来说，最为沉重。后来，我哥哥班也没法上了，他每天洗上两个小时的澡，然后穿着干干净净的衣服，满大街乱窜，他目光散淡，脚步零乱，一看就不是一个健康的人。我父亲刘天真不得不接受事实，带我哥哥去了精神病院。医生说："不用看，典型的精神分裂。"

11

王小艾是一个喜形于色的人，我对她非常了解，所以，仅从她的表情上，我就意识到她碰到了棘手的问题。

　　这一年秋天，王小艾经常走神儿，有时候坐在一个
地方，一愣就是半天，愣得我心里发毛，一种不祥的东
西开始缠绕着我。

　　王小艾在皇泰公司工作了将近两年，她越来越离不
开这家公司。皇泰公司对她也非常器重，不但给她加
薪，而且还把她的工作关系从厂里弄了出来，她似乎干
得不错，应酬明显地多了，有时候回到家，已经是夜里
十二点钟。我能听到楼下汽车远去的马达声。

　　这年秋天厂里大修。大修是工人们最忙的时候，人
们工作起来昼夜不分，有一些老工人，三天三夜不下火
线。可我受不了，我已经在岗位上忙了二十四小时，体
力严重透支，困得我直耷拉脑袋，靠在管道上都能眯上
一觉，我的徒弟让我回去睡上一觉，我也只好这样。回
到家的时候，已经是夜里十一点钟了，我想王小艾也许
已经睡了。我开门走步都是小心翼翼的，可我一进屋，
却发现床上空空如也。我的头皮就禁不住一麻。我转念
一想，也许她知道我今天不回家，去她母亲那里睡了。
可我总觉得不对劲儿，躺在床上，我辗转反侧睡意皆
无，快到十二点的时候，我拨通了王小艾母亲家的电
话。王小艾的母亲看来已经睡下了，电话响了好几声，

才传来她懵懵懂懂的声音，她问是谁。我说是我。她说这么晚了，你打电话，你就不怕把孩子吵醒。我说这几天厂里大修，我现在在厂里，几天没看到孩子了……还没等我说完，王小艾的母亲就生气地说："你们俩还想着孩子。你们几天都不照一面。我想你们早就把孩子忘了呢？"说完，王小艾的母亲使劲地把电话挂上了。我听王小艾的母亲这么一说，一下子就愣在那里。等着吧，我想王小艾肯定会回来的。于是我泡了一壶酽茶，一边喝茶抽烟，一边等着王小艾回来。当我等到窗外的天空渐渐变白的时候，我睡着了。

　　一觉醒来，已经是早上九点钟，我浑身疼痛，于是我往厂里打了个电话，就说我夜里发起了高烧，我实在没有力气再去参加大修。随后我爬上楼顶，在上面坐了整整一天，烟抽掉两盒。我在想，是不是我和王小艾的缘分到了尽头，如果真是那样的话，我应该持一种什么样的态度呢？我恨她吗？不，咬了半天牙，我也无法去恨王小艾。从一开始，我们就是那么平淡。没有山崩地裂，没有海誓山盟，也许我们有的，仅仅是两颗孤单的心。是的，那天在楼顶上，坐在被太阳晒得滚热的沥青上，在一股刺鼻的气味中，我想了很多很多。

我还是原来的我，我并没让王小艾看出什么不对，我照常上班，照常做饭，照常在星期天，把孩子接回家来。内心深处，我却隐约在等待着什么。

有一天傍晚，我下班回来，打开门，看到王小艾一个人坐在黑洞洞的屋子里。她朝我笑了笑，但笑得有些勉强。让我惊奇的是，王小艾已经把饭菜做好了。这的确太怪，我不记得王小艾上次做饭是什么时候的事情了。

我盯着她，从她的眼神中，我意识到了什么。这时候，已经是冬天了，我们屋子里没暖气，冷飕飕的感觉不时袭来。我们一时忘了拉开电灯，我们黑灯瞎火地坐了好长时间，谁都没有说话。

后来王小艾终于开口了，她说："刘长望，我想跟你说点事情。"王小艾耸了耸肩，故作轻松。

"你不用说，我知道。"我盯着满脸惊讶的王小艾，淡淡地笑了笑，"你先不要把你心里的话说出来，还有一个多月就要过年了，我想求你件事儿。"

"你说吧。"王小艾见我如此放松，心里有点儿七上八下的。

"小末已经三岁了，今年春节，我想带着你们回老家看看。"我笑了笑，说，　"你还没有去过我们老家呢。"

王小艾轻轻点了点头。我的眼前，便立刻升起一层水雾。

12

我姐姐刘芬芳跟我父亲刘天真之间关系的恶化，最终导致了她的离家出走。

那一年，我姐姐刘芬芳名落孙山，受打击最大的不是她本人，而是我父亲刘天真。那几天，他坐在椅子上不停地抽烟，眼睛盯着天花板一动不动，一整天不说一句话。他表情凝重，神色茫然，瘦弱的身子蜷缩着，如同一件放射物似的，我和母亲从他身边走过，都要把步子慢下来，尽量不发出声音。我哥哥刘长声躲得更远，他待在厂里几天都没有回家，因为这事儿跟他存在着直接的关系，他心里肯定吃"味儿"。倒是我姐姐刘芬芳的心态最为平静，她回了一趟县城，回来后，把书包往桌子上一扔，长喘一口气，说："结束了，总算结束了。"

看上去她的心情不错，哼着流行歌曲，到处找吃的东西。这一年，我姐姐刘芬芳十八岁，青春的气息如同一团火焰似的炙手可热，她的眼睛总是亮晶晶的，就像两粒八月雨中熟透了的紫葡萄。

"刘芬芳，你过来。"我父亲把我姐姐喊到身边，说，"要不你再复读一年？"

"算了吧。"我姐姐嗑着瓜子说，"这女孩子一长大，脑瓜子就变蠢了。你再让我复习一年，还不是这个德行。"

"那你想干什么？"我父亲像做了什么亏心事似的，不敢正眼看我姐姐，他低着头，烟头快烧到了手指，他还没有发觉。

"先找份工作干吧。也好帮帮家里。你看看咱家这日子过的。"我姐姐的口气无比坦然。

于是，那年秋天，我姐姐进了一家中日合资的玩具工厂，在里面加工卡通玩具。一开始，我姐姐干得劲头十足，有时候，一个月也回不来一趟。那几年，国家工资还没有普调。可我姐姐一个月能拿到八百多块钱，把我父亲震得一愣一愣的，我父亲吃着我姐姐买回来的烤鸡说："这小日本的钱难道真的这么好挣？我一个月忙活来忙活去，在院里还属于高的，才三百多点儿。你看你，这一开始……啧啧。"我父亲咂巴着嘴唇，面露满意之色。我母亲满脸慈祥地瞅着我姐姐刘芬芳说："给人家好好干，得对得住人家这些钱呀。"没想到，我姐姐刘芬芳听我母亲这么一说，气一下子就拱上来，我姐姐把筷子往桌子上一摔，骂道："那狗日的小日本，你寻思还把你当人看，还给人家好好干，你不干行吗！"我姐姐气呼呼地坐在那里，饭也不吃了，她说："说不上哪天，我就不干了。"我姐姐刘芬芳的样子，让我母亲心里担心极了，她扭着头，跟一只麻雀似的，不停地瞅我父亲，那意思是想让我父亲说两句什么，可我父亲嚼着鸡骨头，根本就没看我母亲一眼。

　　果然没过几个月，我姐姐刘芬芳背着包回来了。那是一个春天的中午，我姐姐进门的时候，我母亲正在刷碗，我父亲正坐饭桌旁剔牙缝。我姐姐把大包小包弄进来好几个。我父亲满脸狐疑，问道："刘芬芳，你这是干什么？"我姐姐说："不干了，那地方没法干。"我父亲一时没反应过来，他把眼镜戴上，盯着我姐姐看了半天。我母亲说："刘芬芳，你吃饭了没有？"我姐姐说："不吃了，气也气饱了。"原来，我姐姐是跟那个小工头干了一架，才跑回家来的。那个小工头是一个假洋鬼子，留着一撮小胡子，但一说话，谁都能听出他是哪里人来，他经常挑我姐姐的毛病，他指责我姐姐剪掉的布头子过多，并且还把我姐姐"请"进他那间小黑屋，做我姐姐的思想工作，说如果不是他保护着我姐姐，我姐姐早让日本老板给炒了。说着，那小工头便开始对我姐姐动手动脚。我姐姐从没见过这阵势，一下子被吓蒙了，那小子得寸进尺。我姐姐这才意识到自己的处境，她这才想到为什么有几个农村来的姐妹会不时地被请进这间小黑屋。我姐姐处于一种本能的反抗，一巴掌就甩在那小工头的脸上……

没等我姐姐说完，我父亲刘天真早已气得嘴歪眼斜，他说："败类呀，败类。"我父亲紧握的拳头，在屋子里转来转去，要不是我们家的屋子小，我父亲早就伸展出他那一身拳脚功夫。

可以说，我姐姐刘芬芳离开那家合资企业，我父亲刘天真拍手称快。这与几个月后，我姐姐去"大宝岛"美容城干美容小姐时，我父亲所表现出来的态度，是截然不同的。

我父亲刘天真一听我姐姐要去干美容小姐，脸立刻便耷拉下来。要知道那几年，美容小姐的称呼还没有如今这么刺耳，我父亲也知道，美容小姐，也只不过是给人家整整发型，做做面膜，我父亲也根本没有往别处想，他当时只是不愿意我姐姐去做这些伺候人的工作。

我父亲说："不去，这伺候人的营生，我们刘家人是做不好的。"

我姐姐却不这样认为，她说："我只不过去学上两年手艺。"

我父亲说："学什么手艺不好，非得去学这面对面的，看人家脸色的活儿。"

我姐姐一听不愿意了，说："干什么活儿不看人家脸色？你不看人家脸色，人家就得看你的脸色。美容有什么不好，让人家漂漂亮亮的有什么不好，还知识分子呢，老脑筋，老观念，再说了，我又不能跟人家一样，到时候有人给安排个正式工作什么的，你不学点东西，将来喝西北风去呀。"

一听这话，我父亲刘天真的脖子一下子就变软了，后来，他努力地挺了几下身子，说："你的事儿我管不了，不管了，你爱干什么就干什么去。"我父亲有点儿气急败坏。

　　我姐姐也不是吃气的人，就说："我自己的事儿当然我自己管，又花不到你们一分钱。"

　　"你们俩，真是针尖对麦芒。"我母亲在一旁急得直跺脚。

　　从那天开始，我姐姐和我父亲之间的关系是江河日下，一天不如一天。

　　近朱者赤，我姐姐生活在"大宝岛"那样的环境里，变化应该是很快的。二十来岁的年龄，正是极力模仿和迅速接受新东西的时候。从穿戴上，我姐姐越来越前卫，那些衣服的样子，是我父亲一辈子都没有见过的，夏天的时候，只要我姐姐一进家门，我父亲便立刻把头扭向一边，他似乎不敢面对发生在我姐姐身上的一切，但更让我父亲头疼的是我姐姐身上散发出来的那股香味儿，它使我父亲眉头紧皱，有时候，我父亲干脆就走出门去。而我姐姐更像是在故意跟我父亲过不去，她每次回家，总要换一种样式不同的发型，穿一身款式不俗的服装，我父亲不去看她，她却扭着身子在我父亲面前走来走去。这样的生活，我姐姐和我父亲之间大约维持了一年多的时间。

　　对我姐姐来说，更多的议论来自左邻右舍，乃至整个大院。那一段时间，人们说起我姐姐来都面带神秘之色。他们兴奋地说："老刘家那闺女……"不一会儿，你就会听到一阵哈哈的笑声。

这一切，我父亲刘天真不会一点也不知道，他似乎一直在等待着，有一天我姐姐会穿着一身平常的衣服出现在他面前，就跟几年前那个傍晚，他在县一中的校园里见到的那个买馒头的小女孩一个样子。但最终，我父亲还是失望了。

第二年夏天，我们这个城市的街道上，突然跟雨后春笋似的冒出无数个大大小小的美容店。"鸡"这个字眼渐渐地出现在人们的口头上，人们指着那些穿着奇装异服的女孩说："这肯定是鸡。"每当这个时候，我父亲总是满脸通红，就好像人家指的是他一般。终于在一个晚上，我父亲和我姐姐之间埋藏已久的情绪暴发了。

那天晚上，我姐姐刘芬芳的头发变成了黄色。她一进门，我父亲的眼珠子就鼓起来，这一次，我父亲并没有把脖子扭向一边，而是盯着我姐姐瞅了半天。对我父亲的表情，我母亲似乎有所察觉，她一个劲儿地想把我姐姐拽进屋去，但是晚了。

"刘芬芳，你过来。"我父亲拿一个手指头，一下一下有节奏地敲着桌面，说，"你说说，你这头发是怎么回事儿？"

我姐姐满不在乎地说："好多人都染了，我就染了。"

"你知道你现在姓什么吗？你看你把自己弄得，人不人，鬼不鬼，你不觉得难看，我和你娘还觉得难看呢。"我父亲的声音猛地高起来。

我姐姐先是一愣，然后说："干吗这么大火，你这是怎么啦！我又没惹着你，我弄什么样子头发是我自己的事儿，难道我连这点自由都没有吗？"我姐姐声音不大，却字字清楚。

我父亲说："你就不听听别人都说你些什么！你不丢人，我还觉得丢人呢。"

"丢人？我丢你什么人？我觉得我一点都不比你们差。"

泪水在我姐姐眼里打转转儿，她一边说着，一边打开她肩上的包，她从里面掏出一沓子钱来，猛地摔在桌子上，说："我一宿比你一个月挣得都多。我丢他妈的什么人！"

说完，我姐姐转身就走。我父亲一下子从椅子上蹦起来，他鼻梁上眼镜也随着飞过头顶，我父亲稍稍一愣，伸手一把就把眼镜攥在手里，接着，他追出门去，高声喊道："有种你他娘的永远别回这个家！"我父亲气得浑身哆嗦，在我母亲的搀扶下，才慢慢地走到桌边，坐下来。放下我父亲，我母亲转身就往外跑，她想去追我姐姐。我父亲猛地喊了一嗓子："你回来。"我母亲如同被点了穴似的，立刻就站在了那里，眼泪哗啦啦地滚下来。

后来，我和母亲穿过半个城市，几次去"大宝岛"找我姐姐刘芬芳，但都没有找到她，人家说："她好几天没来上班了，不知道她去了哪里。"我母亲认为我姐姐正在气头上，是故意不见我们。有一天晚上，我母亲徒步去了"大宝岛"，一个三十来岁的女人把一个厚厚的信封放在我母亲手里，说："刘芬芳去了南方，阿姨，你放心吧，刘芬芳是个好女孩，她肯定会幸福的。"我母亲把那个信封揣进怀里，往回走的时候，已经是十点钟了。我和我父亲骑着自行车去找她，在白水城大酒店附近的桥头上，我发现了坐在地上的母亲。我母亲一看见我，急忙从怀里掏出那个厚厚的信封，说："刘长望，你看看，这是你姐姐留下的东西。"

那里面，是八千块钱，除此之外，我姐姐没留下只言片语。

13

下午四点多钟，汽车停在一个叫丰桥的路边站点。我父亲刘天真早就在那里等着了，这是他第二次见到我儿子小末，也许他还没有做好当爷爷的准备，所以小末一喊爷爷，我父亲先是愣了一下，接着，笑容使他的胡须舒展开来，如同一朵盛开的白莲。天阴得厉害，有雪花偶尔从眼前飘过，风不大，却如同刀刃一般锋利。我父亲刘天真穿着一件青色的棉大衣，他把小末裹进怀里，坚持要抱着他。我只好推着自行车，王小艾扶着后座上的皮包，在后面跟着。王小艾看上去心情不错，这里虽然光秃秃的，但对她来说，还算得上新鲜。她不时向远处望去，一望无际的平原上，除了几棵光秃的枣树和一片片颜色灰暗的麦苗，大概只剩下了清冷的气息。父亲走得很快，他不时地指一下远处的村庄，然后跟怀里的小末说上句什么。村庄在灰沉沉的天空下，就像一幅尘封多年的古画。王小艾突然跟我说："你父亲比前几年老多了。"我看着父亲背影，没有吱声。我们很快来到清水桥边，我猛地看到我哥哥刘长声正站在桥头上，他戴着一顶棉帽子，穿着一件浅绿色的防寒服，那还是他在橡胶厂上班时发的工作服呢。他提着一个自己扎的灯笼，龇着牙，跺着脚，正朝着我们挥手，他的样子非常兴奋。我看到他站在那里，一下子想到了十几年前，我和父亲在桥头上见面的那个夏天的傍晚。我哥哥想抱小末，我父亲没让他抱，他就把那只灯笼放在了小末手里。小末提着灯笼，不时地回头看一眼我和王小艾，他的眼睛里充满了惶惑和新奇。

这里的人们依然睡的是火炕，我父亲自己垒了一个大大的火炉子，烟囱直接通进炕里面。烧的是亮晶晶的煤块，火苗子喷出来很高，屋子里极暖和，我们把外套都脱了，还觉得太热。小末非常兴奋，他对什么都感兴趣，一会摸摸这个，一会碰碰那个。我哥哥刘长声不停地为我们倒水，在王小艾面前，他似乎还有些拘谨，他还是那样黑黑的、壮壮的，但身上的衣服十分整洁，我想这与他的几年城市生活有关，真的，我一点也看不出他是一个有病的人。

我父亲刘天真早已准备好了饭菜。外面的天黑下去了，他把一张饭桌放在炕上，一边给小末脱着鞋子，一边撵我们上炕，王小艾一个劲儿地瞅我，她根本不知道这里的习俗。我故意不去看她，自顾把鞋脱了，然后爬上炕，盘腿坐在桌旁。小末嘻嘻地笑着，坐在我身边，他学着我的样子，也盘起腿来，他的下巴正好抵在桌面上，瞪着一对亮亮的眼睛，一动不动地盯着我父亲端上来的热气腾腾的饭菜，这小子肯定饿坏了，要不他不会这么老实。王小艾坐在我对面，她显然不适应盘腿，所以她坐了一会儿，就好像火炕烤热了她的屁股似的，把腿弯到后面，跪了起来，她的脸红通通的，有点儿局促不安，直到我把一个枕头扔过去，让她坐在上面，她的心才踏实下来。

桌子上有鸡，有鱼，还有几样我们老家的传统菜，比如酱猪耳朵，卤冻豆腐，萝卜丸子，最让王小艾感到惊讶的是那一大碗排列整齐，色泽红亮的肥猪肉片，她把整个脸几乎都贴在了上面。我说："看什么，这可是美容的菜呀。"王小艾说："这是谁做的？"我说："还能有谁，咱爸爸呗。"王小艾说："比饭店做的好看多了。"这时候，我父亲正在开那瓶西凤酒，他听到儿媳妇的夸奖，脸上禁不住露出得意之色。小末早已按捺不住，眨眼的工夫，两个丸子已经吞进肚里。然后他命令我哥哥把电视打开。我哥哥一开电视，他就喊道："电视坏了，爷爷的电视坏了。"我哥哥说："没坏呀，小末，你看里面的人不正在唱歌吗。"小末歪着脑袋，噘着嘴说："怎么没有颜色？"王小艾说："小末，这是黑白电视。"小末说："什么叫黑白电视？"王小艾想了想说："就是没有颜色的电视。"小末似懂非懂，他不再吱声，而是把兴趣完全转移到菜上。

"小末的妈妈喝点啤酒吧？"我父亲刘天真把西凤酒倒了三盅。

"不，我也喝白酒。"王小艾朝着发愣的我吐了吐舌头。我心里纳闷，王小艾能喝白酒？我可是从来没见过。

"白酒就白酒。"我父亲刘天真倒也爽快，接着又满上一盅。

我父亲刘天真举着酒杯说："要不是过年，一家子也很难凑在一块呀，多喝几杯，一会儿晕乎乎的，好睡个踏实觉。"说完，我父亲一饮而尽。我受到我父亲情绪的影响，也是一口干掉。然后我看了看王小艾，没想到干得比我还快。

几杯酒下肚，我父亲刘天真眼镜周围的皮肤开始变红。这时候，小末嚷着要看一个叫"芝麻开门"的少儿节目。

"芝麻开门，"小末喊道，"我要芝麻开门，芝麻芝麻快开门。"

可是，我哥哥调了半天，也没有调到这个节目。

小末非闹着要看："芝麻开门，芝麻芝麻快开门。"我说："小末，你听话，吃完了饭，爸爸给你讲《阿里巴巴和四十大盗》，那里面可有真的芝麻开门的故事。"小末扭着身子不愿意，"爸爸讲得不对，爸爸讲得不对。"

我父亲刘天真说："孩子，爷爷今天高兴，打几趟拳给你看看好吧？"

我父亲这么一说，还真管用。小末不闹了。小末说："爷爷，打拳。"小末非常神气地朝我父亲挥了下拳头。

我父亲从炕上下去，脱掉了毛衣，身上只剩下了一件蓝色秋衣，他紧了紧皮带，往上推了推眼镜，把地上的东西往周围靠了靠，然后，双拳紧握，置于腰侧，深吸一口气，侧身，出拳……比起几年前，我父亲侧身的速度慢了，想腾腿，脚下却像没根似的，蹲下去，再直起身子，看上去有些困难……他踉踉跄跄的，看上去跟喝多了酒似的。我几次想让他停下来，可我没有说出口，他打得那么卖力，一边打着，一边还气喘吁吁地喊道："小末，怎么样，爷爷打的？"小末拍着巴掌，嗷嗷地叫着，在炕上直蹦高。

不知道什么时候，王小艾已坐在我身边，她说："雪下大了。"

我扭过头，把眼睛靠近窗玻璃，仔细地看了看，果然，外面已是白花花的一片，雪花还在无声地落着。

"我小时候，看到书里说，乡村的雪夜，就像童话里的世界，好美好美的。"王小艾的两颊上泛起彩霞似的光泽，眼珠黑亮黑亮，如同两块刚刚抛过光的蓝宝石，"过一会儿，我们能不能出去转转？"

我父亲"啊"的一声，说这是白虎拳。然后，他双脚一跺，身子向下一蹲，来了一个扫堂腿，再直起身子，一连气向前挥了五六拳，喊道："小末，记住，这叫群蛇出洞。"

我看着父亲笨拙的动作，感觉到有一块如同石头般坚硬的东西，迅速地塞进了我深深的喉咙。我扭过头，盯着王小艾，轻轻地点了点头。那一刻，我的脸上肯定刻着笑容。

"等小末睡了，我们躺在火炕上，你给我讲一讲那个芝麻开门的故事好不好？"说完，王小艾在我的大腿根上轻轻捏了一把，她抬脸盯着我，嘴唇红润，目光迷离。

这时候，身边猛地响起我哥哥刘长声和我儿子小末哈哈的笑声，原来，我父亲刘天真一拳出去，脚下没站稳，一屁股坐在了地上。

「风中芦苇」

一、小樱

出租车在河堤上颠簸。司机双手把着方向盘，嘴里不时蹦出一句难听的脏话，本来他就不愿意从河堤上跑，是我再三强求，并且答应多加三十块钱，他才勉强地点点头。

从县城到河口镇，有三十多里路。如今，人们都走东边的柏油马路，河堤上已经很少有车辆跑。河堤是土路，平时没有人专门养护，大坑连着小坑，有的地方会突然出现床面那么大的凹陷，出租车只能慢慢地贴着堤沿穿过去，确实难走。好在是初冬天气，多日没有下雨，路面还算坚实。司机的脏话，我就当了耳旁风。

这是一条泄洪河。我们雾村人都叫它西河。它是两省的分界线。记得小时候，有一次河面上漂来一具尸体。尸体漂在河中间，两省的警察都不管，他们相互说着话递着烟，看着尸体朝哪边漂。漂到哪边，那边的警察才去管。在我的记忆中，它几乎每隔几年就会发一次大水，尽管河堤很高，河面很宽，但大水却眼看着涨，先是淹没庄稼，然后吞没桥梁树木，最后眼看着河水要跟河堤扯平，再加上绵延不断的大雨，那架势的确够恐怖的。夜里，大水穿过河道的声音如同雷声轰鸣，吓得孩子们哇哇大哭。每当这个时候，县长会亲临现场，他穿着雨衣，踏着雨靴，面色凝重地站在堤沿上。说来也怪，每次县长一来，大水就悄悄地回落下去。所以，这里的人们还是很迷信县长的。有一年，我亲眼见到过县长。为庆祝抗洪胜利，村长刘拉拉请县里和镇里的领导到我们家的饭店来吃饭，整整四大桌，那气氛热闹非凡，好像把店里库存的啤酒都喝光了。人们举着酒杯，口里喊着县长，毕恭毕敬向一个很瘦的人敬酒，那人戴副眼镜，其貌不扬，大概刚过四十岁的样子。我知道这位是县长。我在电视上见过他，说实在的，看到他本人，我有些失望。我心里的县长并不是这样的。尤其是他咧着嘴笑的样子，让人身上起鸡皮疙瘩。我记得最后，县长喝得浑身通红，走路的样子像大虾跳。我妹妹小婷看着县长走路的样子咯咯地笑个不停。

这一切，转眼五六年过去了。实际上，我并不愿意去想那些过去的事情，也许是触景生情，看到这条河，我竟然想到大水和县长，实在是荒诞。

司机摁了摁喇叭，一辆破自行车晃晃悠悠的，闪向路边。那个人扭头朝车里瞅一眼，那张黝黑的脸似曾相识，但一时又摸不着头绪。我猛地意识到，离河口镇不远了。

果然，司机说："河口镇到了，从这里下去吗？"

"不，"我说，"下一个堤坡。"

我不想进镇子。不走柏油路，就是为了不穿过河口镇。我不想碰到认识我的人。我不想让任何人知道我回来。母亲的坟在雾村。雾村离河口镇三里路。母亲的坟在雾村的东北角，正好离河堤很近。而雾村在河口镇的北面，如果走柏油路，是必须穿过镇子的。我不想进镇子，所以我选择走河堤。我才不管出租车司机那双瞪着我看怪物似的眼。

今天是母亲的忌日。想一想，母亲去世已经五年，真快。我也离开河口镇将近五年了。当时离开这里时，我发过誓，将永远不再踏上这片土地。仅仅过了五年，我又回到这里。你可以说我没有出息。可是我想念母亲，每年的这个日子，我寝食难安，在白水城，在没有星星的夜空下，我像个孤魂似的飘来飘去。

今年，我再也无法控制自己的感情。我又回到这里，回来给母亲烧纸，哪怕在母亲的坟上只待十分钟呢，我的心也许能够踏实下来。

我摇下窗子，清冷的风像一盆冷水似的浇在我脸上。这并不可怕，可怕的是这风里夹杂着一股怪味儿，直冲鼻子，难闻得要吐。我忙把窗子摇上。

"什么味儿？这么难闻。"

司机笑了，看来他已是见怪不怪，"造纸厂、化肥厂、炼钢厂、农药厂，多着呢，你还能都把它们停掉？工人吃饭是小事，当官的捞不到油水才是大事呢。"

尽管已近正午，但天空还是灰蒙蒙的，那座 20 世纪 60 年代修的水泥桥已破烂得惨不忍睹，如同是几块水泥板拼成的一样，两边的水泥栏杆就像八十岁老人的牙齿，模样让人恐惧。河的两岸，是一些枯黄的野芦苇，稀稀拉拉的，淡灰色的天空下，风吹过芦苇，特别荒凉。

出租车很快到达下一个坡道。

"从这里下去吗？"司机问。

我点头。车刚到河堤下面，我说停。车便停下来。我让司机在这里等着我，我半小时之内准时回来。司机迟疑一下，有些迷惑地瞅着我，似乎想说什么话。也许看我是一个年轻女人，打扮也挺入时的，最后也没说什么。

我背起包，扭头朝那片枣树林走去。我宁可自己多走点路，也不想让司机看到我在母亲坟上的样子。

脚下是一垄垄麦田，旅游鞋踩着暗绿色的麦苗，感觉松软舒适。枣树叶早已掉个精光，露出灰褐色的枝条，从远处看，一片枣树林就像一团乌云。母亲长眠在乌云下。这样的想法让我心酸。

在一片坟地中，我终于找到母亲的坟。一看到墓碑上刻着的"王元红"三个字，泪水哗一下淌下来。我颤抖着嘴唇，"妈妈，女儿回来看您了。"我边自言自语，边绕着母亲的坟转了一圈儿。母亲的坟很圆，很整洁，几乎没有荒草，比我想象的要好得多。我知道，他们不会轻易忘掉母亲的。我在母亲的墓碑前跪下来，从包里掏出准备好的苹果、橘子、香蕉和蛋糕，然后拿出烧纸点着。我用树枝捅一下纸团，一团火焰腾一下跃起来。

我立刻感觉到温暖。透过火苗，我似乎看到了母亲的面容。她正盯着我笑呢。

我沉浸在幸福之中。

那热气抚在我的脸上，如同母亲伸出来的手掌。

"妈。"我轻轻地喊一声，"女儿想您，回来跟您说说话呢。女儿在城里也算有了落脚之处，那个男人投钱，帮我开了个小面馆，咱家就是开饭店的，我干起来轻车熟路。那个男人对我很好，妈，我也没有办法，我身上啥都没有啊……"

一片烟灰飘起来，一下子拍到我眼上。我急忙揉眼睛，再睁开眼时，刚才的一切都消失了。我无奈地盯着母亲的墓碑。烟灰像一群黑蝴蝶，绕着墓碑翩翩起舞。天空更加阴沉。风掠过枣树枝子，发出嗷嗷的叫声。我撅着屁股，把脑袋杵在地上好长时间。我怕出租车司机等得着急，只好爬起来，把水果重新拾回包里。我不想让人发现我曾来到这里。我甚至不想朝雾村的方向看上一眼。

我掏出手绢，拿出随身携带着的小镜子，轻轻地沾沾眼圈儿和脸上的泪痕。一抬头，突然看到我眼前站着一个人。我吓得叫一声，感觉到头发一根根竖起来。

"你是小樱吧。你是二九家的小樱吧。"

我担心的事情还是发生了。眼前的这个老人正笑眯眯地盯着我，他的牙几乎掉光，只剩下一颗门牙黑黑地支在那里，油油的灰毡帽下面，脸上皱纹纵横交错。我真的在这纵横交错的皱纹间看到一丝熟悉的东西，它正像热气似的缕缕上升，吓得我打一个冷战。我急忙背起包，绕过老人，快步朝前走去。

"小樱子，不认识我了，我是你四姥爷呀。"

我恨不得捂上自己的耳朵。我加快步子。但我能感觉到，这个老人正在后面追赶我。

"小樱子，你别急着跑，我是要告诉你，你该回家去看看，你爹二九快不行了。"

我的脚步停顿一下。不知道为什么，我猛地生出一丝厌恶。对这灰沉沉的天空，对这片乌蒙蒙的枣树林，对身后这个如同鬼魂似的四姥爷。对呀，说不定这个四姥爷就是一个鬼魂，说不定他刚从那个坟窟窿里钻出来。想到这里，我的头发又炸起来，头皮和全身都麻酥酥的，如同过电一般。

"你爹脑袋里长东西，眼都瞎了，真的快不行了。"

我终于跑出这片枣树林子。我看到了不远处的出租车。司机师傅正站在那里朝这边张望。

离出租车还有三四十米，我就喘着气朝司机挥手，"快，快发动汽车。"司机师傅显然是被我惊慌失措的模样搞蒙了，他急忙转身钻进汽车。汽车发动的同时，我终于抓住车门。我扶着车门，接连咳嗽好几声，并且朝身后偷偷地瞥一眼。身后是空荡荡的麦田，再远是乌蒙蒙的枣树林，除此之外，什么都没有。我又仔细地朝远处瞅了瞅，根本就没有那个老人的身影。

"走，回县城。"

汽车爬上河堤，我心里才渐渐平静下来，汗水浸透我的内衣，我发现司机不时地通过回视镜在窥视我，我不好意思拿手伸进衣服里擦汗，只好用手绢在面前摇摆着当扇子。毕竟是初冬的天气，一会儿，汗下去了，浸湿的衣服贴着前心后背，冰凉冰凉。而刚才的一切，却如同一场噩梦。

我拍拍脑袋，掐掐耳垂，肯定了这不是在梦中。我又想到四姥爷。我静下来想了想，确有四姥爷此人，他是我姥爷的叔伯兄弟，跟我们家的老宅子一墙之隔。那么，他说我父亲脑袋里长东西，眼都瞎了，应该是真的。

想到父亲，我心里不知是啥滋味儿。本来这次回来，我让自己避免想到父亲。这五年来，我在外面经历了很多，生活中的酸甜苦辣都已尝遍。在悲伤绝望的时候，我想到过父亲，对他充满怨恨和歉责。在我心里，死去的母亲一直还活着，而活着的父亲已经死去。别人问起我来时，我说我的父亲已经死了。但实事是，父亲还活着。随着年龄的增长，我发现生活并没有这么简单，绝对的怨恨是没有道理的。但对于父亲，对于过去，我还是不愿意往深处去想。想当年，我独自一人离开河口镇时，就是想让自己脱胎换骨，彻底地变一个人去生活，现在看来，这想法是多么幼稚可笑。

这一天晚上，我躺在一家商务宾馆的房间里，盖上所有的被子、毛毯，想让自己暖暖地睡上一觉，等到早晨起来，精神饱满地离开这里，然而，我却一丝困意都没有。我告诫自己，不要去想父亲。可是，父亲的表情、面容、动作、笑声和说话的语气，却像决堤的水似的涌上来。

如今，父亲真的要死了。

他今年四十六岁。年龄不算大，但比起母亲来，也算不上小。

无论如何，他是我的亲父亲。我知道他快死了，又怎么能不回去看他一眼呢？整整一宿，两个我在不停地争辩着，一方试图说服另一方，最终却没有结果。

　　第二天早晨，我提着行李，在车站广场上犹豫半天，最后还是决定回去看看。我噙着眼泪，在熟食店里买了两只烤鸡，然后坐上通往河口镇的公交车。在踏上公交车的那一刻，我有些怨恨那个多管闲事的四姥爷。但转念一想，这也许正是老天爷的安排，随它去吧。而自己又如何面对父亲身边的那个女人呢？那个比自己大不了几岁的女人，她看到自己的反应又会怎样呢？如果没有这个女人，母亲又怎能走上那条路呢？那个小男孩——父亲和那个女人的私生子，那个父亲的宝贝疙瘩，那块父亲的心头肉，如今该上学读书了吧？

　　而我最想见到的，是我妹妹小婷。可我有种预感，小婷肯定不在河口镇了。她比我小三岁，论年龄正在读大学。小婷从小学习就好，是块大学生的料子，她肯定正在外面上大学呢。当年离开河口镇时，小婷抱着我不肯放手，哭着闹着不让我走，我说婷婷，姐姐会给你写信的，姐姐会给你打电话的，你要好好读书，将来考上大学，给咱妈争气。小婷不住地点头。那年，小婷正在镇中学读初中三年级。而我，自从离开河口镇后，却没有打回过一次电话来，更没有写信。我让自己消失了五年，可我又回到这里。我不知道等着我的将是什么。

这次走的是柏油路。路面不错。汽车很稳。一路上胡思乱想。不知不觉，汽车滑进河口镇。小镇变化不大，无非多了一些网吧、美发屋和小型超市。汽车拐过丁字路口，穿过河口镇邮局，那排曾经是我们家的饭店也一闪而过，最后在镇政府门口停下来。我一下车，迎接我的是两只摇晃着尾巴的狗，它们并无恶意看我两眼，扭头朝一个胡同跑去。天气阴冷，又不是赶大集的日子，所以街上没有几个人。我用头巾把脸捂得严严的，然后朝我们家的二层小楼走去。远远地，我就看到那幢我熟悉的小楼，黑色的铁大门，高高的红砖墙，明亮的窗子，它跟我离开时并没有多大变化，甚至比原来更加整洁。我根本感受不到，一个将要死去的人，会住在这么干净漂亮的小楼里。

敲门时，我的心怦怦直跳。院子立刻传来"汪汪"的狗叫声，接着又传来脚步声。我猜想，这个人会是谁呢？我父亲？还是那个女人？

门一开，我一愣，面前是一个四十多岁，长得白白胖胖的女人。我不认识。我一时不知道说什么好。我又伸头朝院子里看一眼，院子确实有些陌生。同时，我看到这个胖女人也露出惊讶的表情。她迟疑一下，说：

"你是小樱吧？"

我点点头。

"哎哟哟，真的是小樱，"这个女人马上表现出超常的热情，她一把攥住我的手，"快，快进屋。"

我像是被她拽进屋里去的。我边走边寻找我父亲，或者那个女人和孩子，都没有。屋子的一切都非常陌生，墙上挂着的照片好像是另外一个家庭的。我心里突然产生一种怪怪的感觉。

"小樱啊，我是你秋香姨啊。哎呀，一言难尽哪，你走以后啊，你们家就像着了魔一样，事儿不断地出，你爸爸好吃好赌，饭店关门后，投资也让人家给骗了，还得了癌症，那个女人真的是靠不住，一看你爸这个样子，裹着钱偷跑了，钢镚儿也没给你爸留几个。你爸没钱治病，把这小楼卖给俺家了。"

听罢这位秋香姨的几句话，我明白过来。这座小楼已经不属于我们家了。

"小樱，你爸爸又回雾村去了，回到你们家老宅子去住了。"

我边点头，边提着行李，向这位秋香姨告别。而秋香姨拉着我的手不松开，边走边说，说到动情处，还淌下眼泪。

秋香姨后来说了些什么，我一句也没有听进去。我要回雾村。

我又回到镇政府门口。我提着行李刚站在汽车站牌下，一辆机动三轮车便停在我面前。我说："走，去雾村。"

三轮车停在我们家老宅子门口的时候，我心里突然有了一丝的急切。我跳下车，几步来到门口。木门虚掩着，我一推，就开了。眼前的景象，让我一下子愣在那里。我看到瘦瘦的小男孩一双黑黑的惶惑的眼睛。我看到父亲坐在躺椅上，他的头发几乎全掉光了，头皮红生生的，就像一团刚洒上水的肥猪肉。他瞪着眼，朝这边瞅着，可一对眼睛空洞无神，两个眼珠就像磨损的玻璃球似的，没有一丝光泽。他说："阳阳，是谁来了？"父亲果真变成了瞎子。身上穿着的灰色棉袄油渍麻花，脏得不成样子。整个院子都是这样，破败、颓废，千疮百孔，弥漫着一股浓浓的腐臭气。

我知道，这个家遇到了大麻烦。想起当年盛气凌人的父亲，面前的这个男人让我感到陌生。但我还是走到他面前，蹲下来，一攥他的手，我就哭了。让我没想到的是，眼前的这个男人，哭得更加悲切，涕泪横流，无法控制。

　　那个女人真的走了。那个像妖精似的迷住父亲的女人，那个导致母亲上吊自杀的女人，那个迫使我远走他乡的女人，她抛弃了父亲和这个叫阳阳的孩子，走了。

　　哭罢以后，我急切地问父亲："小婷呢？小婷在哪里？"

　　父亲咧开嘴笑了，说："小婷在白水城上大学呢！"

　　我的眼泪一下子涌出来。我替小婷高兴。我也羞愧难当，亲妹妹就住在自己身边，自己竟然不知道，简直是罪过。

　　面对这样的家，面对父亲这样的处境，你怎么能看一看就好意思离开呢？我放好行李，开始收拾这个乱七八糟的家。我在扫帚把上绑上竹竿，把三间屋墙壁四周的蜘蛛网粘得干干净净。再拿一块破毛巾，打上肥皂，把那些粘满油泥的桌椅板凳擦干净。床上的被子已烂成一团破棉絮，并且沾了一些屎嘎巴和血污，脏乎乎摊了一床，让我无从下手。我抹着眼泪，决定住上两天，等到河口镇大集时，再买两床新被子。我看到柜子里倒是有一床半新不旧的被子。我想，父亲肯定是给我和小婷留的吧。

这个叫阳阳的小男孩很好奇的样子，他伸头伸脑，上蹿下跳，刚才的惶惑和紧张没有了。刚一开始，我对这个小男孩感情有些复杂。我心里对他充满嫌弃和厌恶。可他的目光单纯清澈，没有半点杂质，当他略带羞涩地表达对我的亲近时，我突然觉得，这个孩子是多么孤独可怜。属于孩子的幸福和快乐，他一点儿都没有。我不知道他和父亲在一起是怎样生活的？

收拾了整整一下午，我累得直不起腰来。父亲不时地说："樱子，慢慢收拾吧，慢慢收拾吧。"我想跟父亲说："你寻思我能陪你多长时间，我还得回白水城呢。我还得去照料我的面馆呢。"但我想了想，没能说出来。

二、二九

我听到喜鹊在头顶上叫了两声，那声音特别好听。

我抬头朝天上看。我忘了自己现在是一个瞎子。说是瞎子，但没有全瞎，在太阳地里，我还能感觉出光来，那颜色黄黄的淡淡的，像当年钻进水里睁开眼时的样子。但我已经什么都看不清楚了，有时候阳阳举着东西，在我眼前晃，并且大声问我："爸，这是什么？"我只能感觉到一团黑乎乎的东西转来转去，我根本辨不清那是什么，于是我就笑着说："是鱼，是一条大鲤鱼。"阳阳笑了，我也笑了。有时候我捧起阳阳的脸，睁大眼睛使劲看，我多么想看清阳阳那一双水汪汪的黑眼睛。可我看不清，我就说："阳阳，你看爸爸的眼珠里有啥？"阳阳脆生生地说："有阳阳。"于是我心里特别高兴，可高兴着高兴着我就难过起来。

我想，我死了以后这个孩子可怎么办。

我知道，我离死已经不远了。也许过不了这个冬天。说实在的，我早就不怕死了。头疼得厉害时，我想，老天爷，你老人家就让我早点玩完吧。可清醒时，我的脑袋里就不断地胡思乱想，我想得最多的，就是我这个七岁的儿子。村子有几个没有儿子的人都来找过我，说出他们想收养阳阳的想法。我没答应他们，也没有拒绝他们。我只是说再等等再等等。实际上我心里想的是，宁可让孩子去福利院，也不想让他在这个村子里待下去。当然，我心里还存有一丝的奢望，要知道，我还有两个女儿，算一算，小樱今年已经二十二岁，小婷也该十九了。小婷上大学，自己还顾不上自己，她怎么能顾得上阳阳呢。我老是想到小樱，这个孩子有性格，她妈的死，把她伤得太厉害了。这一走就是好几年，我到处打听，可没有她的半点儿消息，可我总觉得，她说不上哪天就会回来。她是个懂事的孩子。过去的事情，好与不好，对与不对，我也不再想得太多。反正这个世界上没有卖后悔药的。再说，后悔已没有任何意义，现在我的心思越来越简单，就是想念我的孩子们，盼望着在我临死之前，能见上她们一面。即使是我成了瞎子，再也看不见她们的模样，但能听到她们的声音，我也算满足了。

昨天晚上，高四叔来到家里，说他中午时看到小樱了，看到小樱在给她妈上坟呢。我这才想起这一天是元红的祭日。我心里一时酸酸的，但同时急切地问四叔："小樱呢？"四叔说："这孩子，见到我就跑了。"一听四叔这话，我垂下头去。四叔又说："反正我在她后面喊了，说你病得厉害，也不知道她听到没有。"我一晚上没再说话，实际上，我心里盼着小樱能回来看看我。

今天一大早，我听到喜鹊在头顶上叫，心里别提有多高兴。我心想，小樱是个懂事的孩子，她肯定会回来看我的。我心情猛地好起来。说来也怪，今天我的脑袋和身体没感到一点儿疼痛。我坐在院子里，仰躺在躺椅上。没有一丝风，阳阳说是个阴天，可我觉得浑身暖洋洋的，像是有阳光照在身上。我已经好长时间没有这种感觉了。我侧着耳朵，听到有一只猫从树上跳下来，听到有几只麻雀从树枝上飞走，听到有一辆自行车从街上骑过，听到有一辆汽车在很远的地方响了喇叭，听到有一辆三轮车在门口停下来……

突然，我听到门吱一声开了。我的心忽悠一下子蹿到嗓子眼，身子像装了弹簧似的弹起来。

"阳阳，"我喊阳阳，声音很大很尖，"阳阳，是谁来了？"

我听到阳阳跳起来，向门口跑去。我不知道这孩子整天卧在屋角里干什么，也许像只小狗似的晒太阳，也许玩他自己的游戏，但不管他在干什么，我心里都不好受。我想让他去上学。他死活不去。他知道我离不开他。做饭盛饭，倒水拿药，扶我走路，去卫生室里喊医生，哪里都离不开他。听着他上蹿下跳地忙活，有时候我就有一种满足感。

确实有一个人走进来。脚步很轻，但我还是听到了。是一个女的，我想，果然，我又闻到一股香味儿。茉莉花的香味儿。我听到她向我走来，走得很慢，走一步停一停，但还是离我越来越近，我都听到她喘气的声音了。我极力地瞪着眼，但除了淡黄色的水样的东西，眼前仍是混沌一片。我什么都看不见。猛地，她在我的躺椅前蹲下来，攥住我的手，说："爸爸，是你吗？爸爸，你怎么变成了这个样子？"

然后，她哭了。

我也控制不住自己。我说："樱子樱子，不哭，不哭。"可我的眼泪也像断了线的珠子。我伸出手去，摸到了樱子的头发，滑滑的卷卷的软软的，我怯怯地抚摸着。

我把阳阳喊过来。我说阳阳，这是你的大姐小樱啊。阳阳没有任何反应。我说阳阳，你叫啊，叫姐姐呀。阳阳还是不吱声。我很生气。我说你这孩子，怎么这么不懂事。小樱说，好了，别难为他了，来，阳阳，我给你带来了烤鸡。

小樱这么一说，别提我心里有多高兴。我一高兴，身上这劲儿似乎长了不少。我一高兴，这脑袋一天都没觉得疼。

整个下午，我坐在床上，腿上捂着被子，听到的全是小樱忙活来忙活去的声音。她像她妈一样，是个利落的人，是个爱干净的人。如今这家里，肯定比猪窝强不了多少。

我竖着耳朵，仔细地听，听小樱干活的声音。

小樱在擦桌子。

小樱在扫地。

小樱在洗衣服。

小樱在拆被子。

小樱在刷锅洗碗。

······

我问阳阳：烤鸡好吃吗？

阳阳迅速地"嗯"一声。

几年来，我第一次感到家的滋味儿。我想到爹娘，甚至想到了奶奶。我想我这不算长的一辈子也挺有传奇性，挺有戏剧色彩。我想我在雾村在河口镇甚至在县里，也算得上一个人物。没想到我落了这么一个结果，这是老天爷对我的报应。但我这人从心里有点儿倔。我一直认为没有人理解我。五年前，小樱离开我的时候，我的心里没有什么感觉。我想儿孙自有儿孙福，孩儿大了不由娘，既然她愿意夫，就随她去吧。我根本没想到我给孩子们心理造成多大的伤害。后来我意识到些什么，就认为，孩子们再也不会原谅我了。可没想到……

我的脑子突然蹦出一个想法来。我想，要是小樱能多住几天，要是小樱愿意听我说，我就把我半辈子的经历掏心窝子地跟她说说。对于一个等死的人来说，再也没什么顾及的东西了。

紧接着，我脑子里又蹦出一个想法。这个想法从萌生到清晰，也就是几秒钟的时间。我的心哆嗦了一下子。我有些激动。我知道，小樱是没有时间听我的唠叨了。她说她在白水城有事做，很忙。我说，忙好啊，忙当然比不忙好。我明白小樱的意思。我想，这可是一个机会，我得抓住。

吃晚饭的时候，我跟阳阳说："儿子，把柜子上的那半瓶酒给爸爸拿来。"小樱说："你这个样子，咋还喝酒？"我说："樱子，你回来，我高兴，我只喝两盅；再说，我闻到这烧鸡的香味儿，馋了。"阳阳一听我说馋了，咯咯地笑起来。我可很少能听到他这么开心地笑，他见到这个姐姐，心里肯定很高兴。我喝了一口酒，又把一块鸡肉塞进嘴里，满口都是鸡肉的香味。我说："闺女买的烧鸡，就是好吃。"我听到小樱抽泣了一下。我说："阳阳，樱子姐姐是你的大姐姐，婷婷姐姐是你的小姐姐，她们都是你的亲姐姐，是你在这个世界上最亲的人。记住了吗？"阳阳"嗯"了一声，我把杯中酒一饮而尽。小樱一把夺过我手中的酒杯，说："爸，你不能多喝了。"我点点头说："听闺女的。"

饭后，我跟小樱说："樱子，你看看茶叶盒子里，可能还有点花茶，你泡上一壶，咱爷俩说说话。"

不一会儿，茉莉花茶的香味便飘过来。我听到小樱把茶壶放到我面前的桌子上。可是，过了半天，我们谁都没说话。小樱不吱声，我一时也不知道话从何说起。我听到阳阳的鞋子还在"咔嗒咔嗒"踢着柜子。我说："阳阳，去看电视吧，电视里不是正在演少儿节目嘛。"我听到阳阳"呼"一下跑出去，身后的板凳跟着一阵响。我说这孩子，不知道慢着点。小樱倒好一杯茶，递到我手里。

"樱子，"我说，"我快不行了，我对不住你们。我知道你心里还在恨我。你恨得对。有那么几年，我确实不是东西，不是人啊。可这世界上没有后悔药。这都是天命。天命不可违，我认了。"我喝一口茶，听见外屋传来阳阳的笑声。

"樱子，"我说，"爹快死了，你能不能答应爹一件事？"

小樱半天都没说话。我支棱着耳朵，听到的净是电视里传来的打闹声。我知道，小樱心里的那个结，咋能说解就解开？可是，我等不及了。我禁不住两腿一软，"扑通"一下子跪在地上。我听见小樱一下子哭出声来，她拽着我的胳膊，说："爸，这是干吗呀？有事，你说就是了。"我重新坐好。

我说："这段时间，村里好几个人都来找我，想收养阳阳。我都没答应，我舍不得。我老是想到你。我老是觉得你能回来。这不，你真的就回来了。这是天意啊。不管咋说，阳阳都是你的弟弟，你的亲弟弟。樱子，我知道你难，可再难你也得管他呀。樱子，你答应我，我死后，你一定要把阳阳带走。你说话呀？"

我听到小樱泣不成声。过了好长时间，小樱才说："阳阳这事，你就放心吧。"小樱的口气很坚定。小樱说话是算数的。

我心里，一块石头总算落了地。我起身，来到床边，摸索着从枕头套的里边，拿出一张存折。我说："樱子，这里还有两万多块钱，这是留着给你妹妹的学费，这可是专项经费啊。"我心里轻松多了，说完这话，还呵呵地笑了两声。我又把存折塞进枕头套里。小樱说啥都不知道，这是我故意让她看到的。这个时候，我已经决定要走了。

"樱子，把你的手伸过来。"小樱果真把手伸到我眼前，我攥着小樱柔软的手，心中五味杂陈。

我说："樱子，忙活了一天，早点休息吧。"

夜色渐渐深了。睡在我身旁的阳阳竟说了两句梦话。我仔细听着对面小樱的屋里，已经半天没有动静。我悄悄爬起来，穿好棉衣，慢慢地拨开门闩，来到院子里。尽管我什么都看不见，但家里的一切对我来说都是轻车熟路。我来到门口，一把便抓住那根白天准备好的绳子。放心，我不会上吊的。我害怕吓着孩子们。绳子不长，两端我各拴了一块砖。我掂了掂，还挺沉。我慢慢地打开大门，出来后，又轻轻地关上。我站在家门口，长吐了一口气，露气很重，可我觉得特别舒服。我把绳子挂在脖子上，一手托着一块砖，颇有些悲壮地朝村北走去。下午我问过阳阳。阳阳说北大湾里的水好多呢……村路熟在我的肚子里，我走得慢，但脚下稳。

三、小二

跟往常一样，我是在父亲的咳嗽声中醒来的。我看到父亲的烟头在黑影里晃来晃去，跟田野里的鬼火似的，一股呛人的辣味儿钻进鼻子，我禁不住打了个喷嚏。

"你醒了，小二。"父亲的嗓子里像是粘着一团东西。停了会儿，那团东西又在父亲嗓子眼里转了个圈儿，"鸡叫过两遍了，我听到卖豆腐的麻子陈早就出门了。"父亲的声音很大，像受了惊吓似的。

我瞅一眼窗子。仍是黑乎乎的，根本看不到外面的东西，只有一团青幽幽的光泽罩在窗口，让人觉得这并不是在梦中。裤子如同铁皮做的一样，硬邦邦的，不醒的时候觉不出来，只要一醒来，寒气便沿着床头钻进被窝，像梦中那双干瘪冰冷的手一样掠过全身，两只胳膊上立刻耸起一层鸡皮疙瘩，摸上去，脑瓜子里就出现了那一片片的坟地。

"小二，你听听，人家赶集的都走了。"父亲朝床外斜斜身子，他朝地上吐一口痰，"这儿离河还有三里多路呢，你不惦记鱼吧，也得惦记着网呀。"说完，父亲把烟嘴在床头上使劲儿磕几下。

我想跟父亲说，今天我没在河里下挂网，不是偷懒，是想趁着水还没结冰，把北面的水塘抽干，把我养了一年多的鱼逮出来。昨天，我跑过几家饭店，人家都答应想多要几条，咯嘣眼甚至说，有多少算多少，你小二的鱼，我哪能不收呢。女儿红酒家是镇上最有名的饭店。咯嘣眼是老板，他这么一说，我心里如同压上一块秤砣，稳了。

我想把这些告诉父亲，对我来说，这毕竟是一件大事，我把它看得比收获庄稼还重要。可话到嘴边，嘴又变懒了。我就是这么一个人，对自己的父亲，也不愿多说一句话。但过后想起来，懒并不是主要的原因。那是什么？是黑乎乎的窗子，还是对父亲唠唠叨叨的厌倦？是青幽幽的那团光泽还是夜里荒凉的梦？不，都不是。是一种莫名其妙的东西。我说不出来，它就像一张渔网把我紧紧地罩住，让我心里空荡荡的。我活到三十好几岁，还从没有这样的感觉，话又说回来，我并不知道这一天是我倒霉的日子。但也许事情很简单，就是因为我父亲是个瘫子，他什么都帮不上我，我跟他说什么也等于白说。

我父亲瘫在床上已经两年多了。

那当然是两年前的事。那年夏天，镇上说要奔什么小康，要村村通上柏油路，条条大路通到镇政府。这当然是好事。可是呢，首先做的工作就是集资，村长刘拉拉趴在大喇叭里吼了好几天。这是做思想动员工作，见收效不大，就开始骂，说我操你娘，不就是一个人四十块钱吗，紧紧裤腰带也能掉下个仨瓜俩枣的来。这么一骂，那些有钱的要头要脸的人家也就交了，但多数的人家还是没交。我父亲说："小二，你找个时间把钱交上吧。这种事儿，脱不了。"我跟父亲说："这事儿你就甭管了。"那时候正是捕鱼的好季节，我成天划着小船儿，待在西河里，有时候夜里就睡在船上。我根本没把集资当回事儿。我想，等他们找上门来，再交也不晚。我住在村西头，干吗还非得跑到村东头去交那几十块钱。可是没过几天，乡里就来了"催款队"，五大三粗的十几个小伙子，横着眉吊着眼，穿着一身那种绿色的迷彩服。刘拉拉在前面领着。也该我父亲倒霉，他正站在树底下乘凉。当时，我父亲还笑着说："大伙看看，这不就是鬼子进村吗？"离着很远，刘拉拉就喊："王九贵，你那个集资款还交不交？"我父亲说："小二在河里呢，等他回来，我……"刘拉拉说："还等谁回来，赶快回去拿吧，你们家一百五。"我父亲说："村长，不是一个人 40 块吗？我们家三口人，该 120 块钱呀。"刘拉拉说："废话少说，一百五就是一百五。谁让你交这么晚。"我父亲很不情愿，他转身往家里走，嘴里嘟嘟囔囔的。平时，我父亲一个人在家里，嘴里也是这么嘟嘟囔囔的。可没想到，这一天他嘟囔的不是时候，那十几个迷彩服马上围过来，一个小伙子掐着我父亲的脖子，像掐一只小鸡似的，还没等我父亲回过神，一个扫堂腿，我父亲便四仰八叉地歪在地上。你再嘟囔，你再嘟囔……他们左一巴掌右一巴掌扇我父亲的耳光。俗话说："打人不打脸，骂人不骂短。"可他们的巴掌却像雨点似的落在我父亲干瘪的脸上，后来，有个人把一副锃亮的手铐子铐在我父亲的手腕子上。他们揪着我父亲的后脖领子，把我父亲从地上提溜起来，像提溜一只癞皮狗似的，他们还不时在我父亲的脑瓜皮上来一下子。我父亲嘴里发出狗儿发怒，且还没叫出来的那种声音。可没走几步，我父亲又重新坐在地上。他们认为我父亲是在耍赖皮，又像提溜癞皮狗似的把我父亲提溜起来。这时候有人叫了一声，他一边甩着手一边骂："这个老东西，吓尿裤子了。"人们这才发现地上的那摊湿迹，就开始笑。我父亲在笑声中，两条腿像面条似的，抖几下，软下去了。

　　我不愿意躺在被窝里想这些让人不高兴的事情，索性从床上爬起来，穿上衣服，来到院子里，点上一支烟，看我养的鸽子在屋顶上飞来飞去。这时候，雾气还没有退去，空气湿漉漉的，白色的露珠挂在农具和树枝上，除了偶尔传来的几声鸡叫，村子依然沉浸在一种灰沉沉的祥和之中。小盼肯定还没有起床，这个死丫头什么都好，就是养成一个睡懒觉的臭毛病，可话又说回来，这个家也多亏了她，我成年待在河里，要不是她照顾父亲，我们这个家可就难办了。两年前她在城里一家工厂里干得好好的，父亲这么一瘫，她也只好辞掉了那份工作，那年她才 19 岁，今年，她也满 21 岁了，她的那些伙伴们，结婚的结婚，生子的生子。她长得这么好看，却被落下了。我不知道她心里急不急，人家那些媒婆一个一个地来，可都叫她拒绝了。她说父亲离不了她。最近，我发现她对邻居家的秀才特别感兴趣。可是人家秀才是个大学生，城里的工作都不愿意干，听说这是回到家来好好学习，准备考什么研究生。我想抽个时间跟小盼聊聊，咱可不能剃头挑子一头热。

我把抽水机从偏屋里推出来，擦去上面的灰尘，油箱里的柴油还有一些，我想了想，又加上一斤，我查看了火塞、油路、油门，还有水龙头上的阀门，一切正常。当我直起腰，发现雾气淡了许多，但太阳并没有出来，它被厚厚的云层遮住了，空气阴冷，我只穿着件秋衣，站在院子里，抱着膀子，两只胳膊禁不住哆嗦起来。那一刻，我心动了一下，想还是找个晴天干吧，可这个念头只是一闪而过，我还是决定今天干，这是我自己选择好的日子，等了这么长时间，怎么能轻易改变呢？

这时候，小盼也起来了，她洗完手，开始坐在灶膛里做饭。我蹲在院子里，拿斧子劈一些固定抽水机用的木橛子，刚劈好一个，听见父亲在屋里叫我，"小二，小二。"小盼说："哥，咱爹喊你。"我放下斧子，来到屋里。"我要拉屎。"我父亲说。我忙把杌子头横放在地下，往盆子里撒一些草木灰，放在杌子下面，接着给我父亲穿上鞋子，把我父亲背起来，放在杌子头上。在我父亲蹲下去的瞬间，我听到他的嗓子眼里"哼哼"了两声。我又回到外面，我跟小盼说："爹正拉屎呢。"小盼抓起一把柴火，朝我撇撇嘴。过了会儿，父亲又在屋子喊："小二，小二。"于是我重新回到屋里，我说："好了？"父亲脸色酱紫，他说："小二，我拉不出来。"我说："你拉不出来还说要拉？"父亲说："想拉就是拉不出来。"父亲"吭吭"地喘着粗气，我犹豫片刻只好蹲下身子，闭上眼睛，伸出手去。我朝着父亲松弛的皮肤弯起手指。父亲的大便跟土块一样干硬，它们落在我手里，接着，又像玻璃球似的滚进盆子。

小盼把饭菜端上桌，我却一点也不想吃。我点上一根烟，来到院子里。那根手指还在不停地抖动着，天空很低，鸽子在上面飞着，看上去它们飞得很慢，如同在一张大网里挣扎似的。

我开始着手往地排车上装东西。鸽子们像破麻布似的落下来，它们"咕咕"地叫着，不时瞅我一眼。两根橡皮管子正好绕着车子缠了四圈，我又拿绳子捆一下，它们算是老实了。抽水机倒像一个听话的孩子，一副老老实实舒舒服服的样子。我又把鱼篓子、长筒水鞋、纱绷子、大盆、渔网，统统地扔在车子上，把盛鱼的胶皮袋子斜挎在身上。小盼从屋子走出来，说："哥，你不去西河了？"我说："北面那个水塘该弄了，那鱼都快两年了，对了，一会儿，你去喊一声秀才，要是他没事儿，让他去帮我一下。"小盼答应了一声，就开始弯着腰拌鸡食。我接着说："看来咱爹是便秘，一会儿你去医务室里开点药，要是小白老鼠有空，你就让他来给咱爹看看。"小白老鼠是村里的医生。

　　我推着抽水机来到街上，碰到的第一个人就是刘全。我刚从胡同拐到街上，车子的重心向里，我得使劲扭着身子，撅着屁股，脚底下也趔趔趄趄的，这样走了好几步，才把车身找平了。刚想松一口气，就听到身后有摩托车响，我还没来得及往路边靠一靠，摩托车"轰"的一声，贴着胶皮管子蹿过去，一股凉风劲头十足地推了我一下，我的车子差一点儿歪倒在路边的土堆上。我不看就知道是刘全，换别人，谁敢把摩托车骑得这么快。别说我的小推车没歪，就是歪了，也不能多说什么。我忙把车子停下，喘一口气。没想到摩托车又拐了回来，停在我跟前。刘全摘下头盔，说："小二，干什么去？"我忙点点头，说："北面那水塘，一年多了，该弄了。"刘全的眼皮子耷拉着，脸色青灰，看上去有气无力的，他跟我说话的时候，先打了个哈欠。他肯定不是在养鸡场里干活累的。他是养鸡场的老板。老板是不干活的。我知道刘全经常在镇上搓麻将，一搓就是一个通宵，我想刘全肯定是搓麻将去了。

刘全说："正好，今天是我爹的生日，晚上有朋友来玩，到时候给我几条鱼吃。"

我说："没问题，不就是几条鱼吗？"

刘全说："弄几条大的。"

刘全说完，把头盔往头上一扣，扭过车屁股，一溜烟地蹿了。说这几句话时，我始终都没看到刘全的眼珠，他那眼皮子连□都没□一下。哎，谁让人家是刘全呢？谁让人家是刘拉拉的儿子呢？噢，刘拉拉的生日。我突然意识到，今天并不是什么好日子。

实际上，不用他说，刘拉拉那份鱼是肯定不能少的了。就连我养鱼的水塘，虽然只有两亩地大小，可如果不是刘拉拉同意，我怎么敢在它四周，用高粱秸扎上篱笆呢？我不敢，就凭我王小二，今天扎上，明天就有人给你踩倒。可刘拉拉只在水塘边站了一次，他说："小二，你整天打鱼，那些小鱼小虾也卖不上价去，吃又吃不了，扔了又可惜，干脆你就把它们放进这水塘里，到时候撒两把棒子面，养它个一年半载的，捞出来不就能卖个好价钱。"

刘拉拉说这句话时，我正蹲在水塘边磨刀。那时候，我父亲王九贵瘫在床上已经一个多月了。那段时间，我根本没心思下河捕鱼，我整天绕着村子转来转去的，我想不出任何能让我父亲站起来的办法，心里火烧火燎的，浑身像上紧发条的钟表似的，一刻也闲不下来，不停地绕着村子转。直到有一天，我突然发现了父亲攒了一辈子的刀子。我父亲干了一辈子屠夫，刀子足有几十把。前几年他上了年纪，猪也宰不动了，羊也杀不了了，就把这些刀子一字排开，挂在偏屋的墙上，上面落满灰尘，结满了蜘蛛网，你一碰它们，刀背上的铁锈就纷纷落下来。我把它们从墙上摘下来，抱到水塘边，把家里那块大青石往水边一放，一下一下地磨起刀来，磨得仔细又认真，红色的锈水沾满双手，沿着脚尖淌成一条小河，它们像血水一样升起一股腥臭气。有人打水塘边走过，就问："小二，你这是干什么？你是不是也想当屠夫？"我头也不抬地说： "我替我父亲磨刀呢。""你父亲都瘫了，他还能杀猪宰羊吗？"人们嘴里嘟嘟哝哝地说着什么。

在太阳下，我把那些刀子排成一排。它们组成一个非常好看的图案，有大的，有小的，有长的，有短的，有直的，有弯的。它们闪着青幽幽的光，闪着我父亲一生的荣耀。我一时迷醉在这些刀子之中，村长在背后站了半天，我都没有发觉。直到村长说了那些话，我才转过身子，抬起头。对刘拉拉说的话，我好半天才回过味来。我想刘拉拉说得一点也不错呀，这个念头存在我心里已经好几年，我一直羞于把它说出来，可没想到人家替我说了出来。从那天开始，我就开始佩服刘拉拉，村长就是村长，所以，村长的那份鱼，是绝对不能少的。

我来到北大湾，把车上的东西一件件搬下来，摆好。天阴得厉害，北风一吹，小刀一般，割得脸疼。我点上一支烟，缩着脖子，蹲在池塘边上。灰褐色的水面上，不时泛起一层层白亮亮的水波纹。池塘中间，有三块炕头大小的芦苇丛。夏天的时候，我时常看到有大鱼在那里出没，它们青褐色的脊背在芦苇间攒动。如今，那里死气沉沉的，灰白的芦苇穗被风吹得东摇西晃。我知道这是季节的原因，它们怕冷，它们正像孩子似的趴伏在芦苇的根部。

这时候，我看到一个年轻的女人正慌张着朝我跑过来，她身后还跟着一个小男孩。

"叔，你看到我爸爸没有？我爸爸是二九啊。"

我站起身，仔细瞅了半天，禁不住一拍大腿，这不是二九的闺女小樱嘛。

我说："小樱啊，你爸爸咋了？"

小樱说："我们睡醒觉，他就不见了。就这么大个村子，他瞎着个眼，能跑哪里去？真急死人了。"

我说："你别着急，你们先找着，我把抽水机开起来，我也帮你找。"

小樱说了声谢谢，便朝西边跑去。那个小男孩一直盯着水面，发现小樱跑了，猛一扭身子，脚下一绊，跌了一跤，但他马上像弹簧一般爬起来，还不好意思似的瞥我一眼，然后追小樱而去。

二九的眼瞎了，是走不远的。我想把这话告诉小樱，可一看，小樱和那个小男孩已经跑出去好远了。

四、小盼

哥哥临出门的时候，说父亲便秘，这事儿我已经担心两三天了。父亲已经六七天没解大便。说父亲是个老封建一点不过，他虽然这个样子，却还整天瞎讲究。两年多了，父亲从来都是哥哥在家的时候，才说要解大便，一些话他当然不好对我说，谁让我是个当闺女的呢？自从瘫在床上以后，父亲似乎伤了元气，白了头发，嘴里还整天嘟嘟哝哝，说自己一辈子杀的生灵太多了，不知是得罪了哪方神仙，才让自己遭受这样的噩运。你听，父亲的嘴里又开始嘟哝上了。

天虽然阴得厉害，但这确是一个平常的早晨，我丝毫没觉出有什么不对的地方，我的心还在被夜里的那个梦缠绕着呢。想想都脸红，我竟然梦见了人家秀才。梦里，秀才的嘴唇那么软牙那么白。

我把哥哥的脏衣服泡进盆里，哥哥的衣服兜里总藏着几片鱼鳞或者水草，我把它们抠出来，那里有一股浓浓的鱼腥味儿。开始，我真受不了这股怪味儿，洗着衣服就想吐，有段时间，我甚至对做好的鱼都没了兴趣。可后来渐渐习惯了，可笑的是，现在，我觉得这鱼腥味儿越来越好闻，尤其是打上肥皂，那股混合的气味，也许只有我才享受得到。天气阴得厉害，像要下雨下雪的样子，我只好把衣服泡在盆里。要是天气转好，我就把它们洗出来，要是下雨下雪，那就明天再洗。就多泡一会儿吧，我想，去去衣服的腥味儿，也好让我去忙些别的。可是，在我的记忆里，我们这地方的秋雨却少得可怜，闹不好一下子就落下雪来。刚才，我看着哥哥抱着膀子站在院子里的样子，真想劝他今天就歇一歇，为什么非要赶个阴天去逮鱼呢？可我没说，我了解哥哥的脾气，他认准的事儿，十头牛都拉不回来。秋刚一收完，他就一头扎进河里，他是舍不得放弃挣那一天的钱，这不，又要抽干那块水塘。我知道他对水塘看得很重，隔三岔五的，他就去撒一次玉米面，要是让父亲知道了，肯定会骂他败家子。

"爹，你抽袋烟吧。"

我把烟筐子往父亲的跟前挪了挪。父亲靠着床头柜子，腿上盖着被子，两眼盯着窗棂发呆。我发现父亲的情绪不好，两眼无光，像是有什么心事儿，也可能是早上便秘，折腾了半天，现在累了。

"爹，我到小白老鼠那里问问去吧。"我说。

"不用去。我什么事都没有。"父亲嘴硬，看也不看我一眼。

"你看你刚才憋得那样，可倒好，刚过去就忘了。"

父亲就是这个样子，你跟他说好听的，说一千句也白说。这么一呛他，果然，他不吱声了。

我换上一件红花格子上衣，梳了梳头发，又拿起镜子来，仔细看了自己几眼，哥哥嘱咐过我，让我去看看秀才有没有时间。前天，我从秀才那里借了本书，叫什么《郁达夫散文集》，正好还给他。再说，我还想跟他多待一会儿。现在时间还早，去小白老鼠那里，再等一会儿也不迟。

我们家房子后面，就是秀才家。秀才叫陈元。他的父亲麻子陈肯定一大早就走街串巷卖豆腐去了。麻子陈卖了一辈子豆腐，如今孩子们都大了，他还是卖豆腐。麻子陈是个了不起的人物啊，我父亲时常说。麻子陈的大儿子陈平在县里的农业局开车。陈平高中毕业后参军，在军队里转成了志愿兵，转业后分到县城里，给局长开小车，听说陈平在县里刚买了新楼房。"这全是你老小子的功劳啊。"只要麻子陈一到我家来，我父亲就坐在床上这样说，口气中不无羡慕。麻子陈却对大儿子的事儿不以为然，他把所有的心事都放在小儿子陈元身上，他天天卖豆腐，就是想让陈元考上研究生。麻子陈说："我总觉得这孩子能给我争口气。"可陈元并不那么争气，他连考三年，却是考得一年不如一年，如今回到家来，整天站在院子里发呆，他戴着一副眼镜，有时候他还抽上一支烟，看上去忧心忡忡，样子怪可怜的。

如果我没记错，陈元整比我大三岁。我初中毕业后，去城里的电器厂干临时工。陈元那年考上的大学，一晃五六年，真快。小时候，他一直认为我比他小好多，都不用正眼看我，更没有坐下来说说话儿。实际上，那时候陈元长得还不如我高，腼腼腆腆的，人们说他像个小女孩，可如今，他高我整整一头，嘴唇周遭的胡子就像芦苇一样疯长，今天看上去还是白白净净的，明天就变成黑乎乎一片，我跟他开玩笑说："秀才，你们家的锅底可真够黑的。"秀才知道我是逗着他玩，他便龇牙一笑，他的牙齿真白呀。我从没有看到这么白的牙齿。他一笑，我心里便忽悠一下子，我能觉出我的血液流得有多么快，欲望伴随着它在我的身体里横冲直撞。

我真想亲他一口。想到这里我的脸就发烧。

秀才正在吃早饭，那是他父亲给他留下的豆腐脑。他看到我来了，把碗里剩下的豆腐脑连同饭桌一块儿收拾起来。我们彼此谁都没有说话，秀才收拾桌子时，脸上一副冷冰冰的样子，可我心里知道，他对谁都是这样。我直接走到他的房间里，他的房间里总是那么整洁，简陋的柜子擦得能照见人影，蚊帐还没有撤掉，枕头旁摆着一摞子书，蓝白方格的床单散发出温暖的光泽，有一股好闻的气味从那里飘起来，一坐在他的床上，我的头就有点儿晕。我把那本《郁达夫散文集》放在他的枕头上。

"看完了？"秀才站在屋子中间，手里拿着一支没点着的烟。

我点点头，想说点什么，但嗓子眼里如同塞上了东西。我两眼盯着陈元，竟然像傻瓜似的呆了片刻。

陈元伸出拇指和中指，轻轻地往上推了推眼镜，他说："郁达夫的散文不好读，可他的小说还是很有意思的。"

说完，陈元坐在床对面的椅子上，他把烟叼在嘴唇上。

我的心往上一提，我怕陈元耍起他的书呆子气，再跟我讲起什么诗来，我根本不懂什么小说呀诗的，说实在的，这本《郁达夫散文集》我读不下去，云山雾罩的，我读不明白。我确实读不太懂。只是那天在秀才的热情推荐下，我并不想扫他的兴。

　　"我哥想让你帮他个忙。"

　　"让我？"秀才又露出他的白牙。

　　"让你又怎么样，你这么大的人，帮个忙又怎么了？"我笑了。

　　秀才想了想，说："我能干什么？"

　　我撇撇嘴，说："你能干什么，我哥想让你帮他看抽水机，他在村北的水塘里逮鱼呢。"

　　秀才的眼睛猛地一亮，说："逮鱼，哎呀，逮鱼好，我小时候就喜欢逮鱼，这些年我都忘掉了，可那鱼在手中活蹦乱跳的劲头儿，我一辈子也忘不了。"

　　我心想，秀才啊，你真傻，我就是一条活蹦乱跳的鱼，你倒是逮呀。我转念又一想，傻呵呵的秀才哪里会逮鱼呢？

　　不过，秀才变得很高兴，那白白的牙齿又露出来。他把烟又重新放在嘴唇上，从柜子上摸起火柴。就在他点烟的一瞬间，我不知道从哪里来的一股劲儿，伸手把烟从他的嘴里拽出来。他愣一下。我站起来，我说陈元，别再抽烟了。我一只手抚摸着他的头发，低下头去，轻轻地说："你的牙齿那么白，你不能糟蹋了它们呀。"我几乎趴在了秀才身上，隔着一层的衣服，我觉得我的乳房触到了他厚实的胸膛。秀才本能地向后仰着身子，他瞪着眼睛，脸涨得通红，像是害怕的样子。我不知道中了什么邪，我实在阻挡不住那股劲儿，在秀才面前，我一点儿羞涩的感觉都没有。此时我才发觉，这几年来，我一直打心里喜欢着他。他身上有我喜欢的气味。他有一口白白的牙齿，它们如同魔鬼一样吸引着我，吸引着我低下头去。我拿舌尖轻轻地撬开他的嘴唇。他的嘴唇温热湿润。我把舌尖轻轻地放在他洁白的牙齿上。他的牙齿清凉，有一股淡淡的水果味儿还滞留在上面。他似乎过于紧张了。过了好一会儿，他才所有反应。他先是动了动牙齿。我的舌尖趁机钻了进去。然后，他两手有些不知所措地放在我的腰上。我的身子像是一个点着了的鞭炮似的就要炸开了。我喘着气用舌尖慢慢地搅动着他的牙齿。我们的嘴里充满甜津津的汁液。

老天爷，他的嘴唇突然就有了力气。

五、王久贵

他们都走了，家里猛地静下来。小盼出门的时候，一看她那兴奋劲儿，我就知道她不是去了小白老鼠家，唉，孩子大了，由她去吧。要不是我的拖累，也许她早就结了婚、生了娃。说实在的，这一切都是没有办法。留他们在身边，年龄越大，就越来越成了我的心病。

如今，什么都不用说了。我整天坐在这间冷冰冰的屋子里，最大的愿望，就是那一时刻到来。那样的话，我的心就静了，就平了，就不再胡思乱想。我早就发现，再好的年月，对老百姓来说，也就这么回事儿。啥样的年月，都有幸运的人，同时，也有不幸的人。我从来都没有想过，我是幸运的还是不幸的。你看那二九，风光的时候多风光，还老是上个电视啊报纸的，屁股后面整天跟着一帮小兄弟，不知道有多少女人往他怀里钻过，可说败就败了，妻离子散，死的死、走的走，得了脑瘤，眼都瞎了，身边除了那个私生子，连个伺候的人都没有。这人哪，可别觉得自己有啥了不起，你以为你是谁？

这几天，我总在做一些稀奇古怪的梦。我梦见爹娘都坐在炕头上吃饭，他们总是笑啊笑啊地瞅着我。我梦见老大从工地上回来了，他对我说：爹，我还没死呀，我这不活得好好的吗？可是我知道，他都死去十多年了，他的媳妇带着孩子也已经改嫁好几年了。我梦见一头猪嘴里叼着一把刀子，疯了似的在后面追我……每次醒来，汗水总是湿透枕巾，我的心里凉啊，我问自己：是不是那一时刻真的快到了？要是那样，再好不过，即便是死不瞑目，也比这么不死不活的好呀。如今，我跟那二九有啥差别呢？

昨天夜里，一觉醒来，再也睡不着了，坐起来，也不知道什么时辰，窗外一点儿亮光都没有，穿上棉袄，听着小二的呼噜声，就想抽一袋烟。抽完一袋烟，窗户那儿还是没有亮光，就又抽一袋。就这样，我也不知道抽了几袋。是啊，终于听到鸡叫了，看看窗棂，也确实有了那么点儿光亮，猛地听到小二在哭，那声音哑的，难听极了，断断续续的，高一声低一声，惨兮兮，本来不想喊他，想让孩子多睡会儿，可是，孩子肯定正在做着什么噩梦，要不他怎么哭得这么惨呢。喊还是不喊，我正拿不定主意，猛地听到小二打了个喷嚏，我想这下子好了，他肯定是醒了，可他翻了下身，又睡着了。一会儿，那哭声又传来。我想这肯定不是什么好事儿。我这个人有点儿迷信，我总觉得要出什么事情了，并且不是小事，好像有一种东西就在我身边，前后左右，阴森森地瞪着我，有时候我猛一回头，总是看到有什么东西一闪而过。我就不停地骂街，操你妈，你为什么总是跟我过不去？我烦躁，脾气坏。我一辈子血见得太多，是不是一见不到血，那股邪气就来了。想到这些，我的脑瓜皮直发麻，于是我使劲磕烟袋锅子，说麻子陈卖豆腐走了，说这个担水回来了，说那个赶集也上路了。实际上，外面什么声音都没有，我只是想把小二弄醒，想让他从一个个的噩梦中逃出来。可是醒来又能怎样呢？三十好几岁的人了，还没娶上个媳妇。没有老婆暖被窝怎么能叫男人？没有老婆暖被窝，能不做噩梦吗？我心里急呀，想来想去，还不是因为家里穷？还不是因为咱小门子小户？我呀，活了一辈子，也不知道干了些什么？如今像我这个样子，谁家的闺女还愿意上咱家来呀？

　　小二没说一句怨言，我知道这孩子有事儿都装在心里。他老实，所以他找不到女人。他从小就不爱说话，可他心里却犟得很，像他捕鱼和养鸽子似的，他不声不响地，一做就是十多年；像他脸上的那表情，一年到头都是一个样子。他很少有生气的时候，也很少有激动的时候，烦躁不安更是少见。可是今天早上，透过窗玻璃，我看到他在院子里不停地走来走去，烟卷儿也一根一根地抽，我想肯定是有什么事儿。要是以往，他早就骑上车子出门去了，他在河里还下着挂网呢。后来，我发现他往小推车上装抽水机，心里便一块石头落了地，我猜到他要去干什么了。

六、刘全

我没有回家，而是拐了个弯，来到刘丫头门前。我想借点钱，他妈的，这几天手气背透了，四个人，就我一个人输钱。咯嘣眼那小子最贼，麻将没打几圈儿，他就大红二红地喊。那些浪女人，坐在你身边，一身的劣质香水味儿，熏得你喘口气，嗓子眼都痒痒半天。那些臭手还贱得很，一会儿捅捅八万，一会儿动动六条。你把那臭手打下去，它们就在桌子下面拨楞你的鸡巴，弄得你心里乱糟糟的，多少钱输不进去？围着咯嘣眼转的这群骚货没有一个好东西，快恨死我了。卖了半个月的鸡蛋钱，都输进去了，这要是让我老婆知道了，还不得掐死我。

我把摩托车停在槐树下面，把头盔挂在车把上，然后来到刘丫头门前。我伸手拍了拍他家那黑色的大铁门。

"谁呀？"刘丫头在里面喊。

"我，"我咳嗽一声，说，"你还赖在嫂子的被窝里了。"

"我就知道是你小子。"刘丫头说着，打开门。

刘丫头正在院子里浇花，这小子，四十岁不到，就快成神仙了，你看这一溜五间的红砖瓦房，你看这满院子的菊花，你再看看那漂亮的秋麦，操他妈，都是一个爷爷生的，命就不一样。秋麦正蹲在门口刷牙，她只穿了件单薄的衬衣，你看那对大奶子，活蹦乱跳的，跳得你心慌。

"丫头哥，好福都让你享尽了。"我打一个哈欠，伸手掐下一朵黄菊花，放在鼻子下面，不停地抽动着鼻子，声音很大。我想让秋麦说话，可是秋麦，她看都没看我一眼，而是起身进屋去了。

刘丫头递给我一根烟。我们蹲在菊花旁边，有半天没说话，天阴得就像一块油毡纸，没头没脑地盖在头上。

"丫头哥，借我点钱？过两天就还你。"我底气不足。

"操，你养鸡场的大老板，还跟我借钱？"

"你又不是不知道，我还钱很及时的。"

"多少？"

"三千吧。"

"干啥用，还赌？"

我笑了笑。

"笑个屁，刘全。"刘丫头的声音闷闷的，他把嘴巴伸过来，声音压得很低，说，"这年头，玩两个'鸡'，也没什么大不了，可要是赌，最后非得毁了你个狗日的。"

"对对，不赌了，真的不赌了。我有事，真的有事。"我畏畏缩缩的，低着头，手里摆弄着那地朵菊花。向人家借钱，就得低头认罪。

"狗屁事！我还不知道你。"刘丫头咬着牙说。

"这不，你叔今天的生日嘛，我不得好好摆两桌，正赶上手头紧，不跟你借跟谁借？"

"这倒是正事，那晚上我也得去给我叔端两杯寿酒呢。"刘丫头皮笑肉不笑地说。

"这还用说，就是过来请你的嘛。"

我们接着抽烟。过了一会儿，刘丫头说："你先出去吧，在外面等我。"

于是我们站起来。我沿着砖铺的小路向外走。我走得很慢，不时回一下头。我看到刘丫头一瘸一拐的，一边走，一边拿手揉着大腿，看来他是蹲麻了腿。快到屋门口的时候，他一脚踢翻了盛满茄子的竹筐，有两个茄子滚得很远，他借给我钱，确实有点儿不情愿。我猛地发现了站在窗户里面的秋麦，隔着玻璃，我仍能看到那双黑眼睛里闪出的光泽。是啊，我不是一直在寻找这对黑眼睛吗？虽然她只看了我一眼，我还是能明白那里面的所有意思。

也就是在我走出门来的那一刻，我猛地想起刘丫头曾去我们家，找我父亲要一块水塘，商量养螃蟹的事来。我父亲是他的亲叔，所以他们说话都是直来直去。

最后说了半天，还是觉得北面的那片水塘最好。一是那块水塘面积不大，正好合适养毛蟹；二是那块水塘离水沟很近，是活水；三是离村子近，利于看护。可是，那块水塘王小二早就占上了。

刘丫头说："要回来就是了，就说是村里的决定。"

我父亲说："那是我答应的，最起码也得让他收上一茬鱼吧。"我不知道我父亲为什么对王小二这么好，也许是因为王久贵被乡里那群狼狗揍成了瘫子，他打心眼里有点儿内疚吧。

刚才，我正好碰到王小二推着抽水机去了村北的水塘，他肯定弄鱼去了。我得把这个消息告诉刘丫头。我听秋麦说过多次，对于养蟹，刘丫头已经准备了好长时间。这小子前几年一直在外面做生意，赚了笔钱，这两年，外面不好混了，就一直蹲在家里。我想，这小子的屁股眼里肯定捂出蛆来了。

我靠在摩托车上，远远看见王小盼走进陈元家里，是不是这个小骚货又缠上了戴眼镜的秀才？真是不好说，你看她那脸蛋儿、那身段儿，都不比秋麦差，真是看到眼里扒不出来啊。我一见到她，心里就会泛出一股热乎乎的东西。

刘丫头走出来，他把钱塞进我手里，悄悄地说："别让秋麦知道。"

我差点笑了，我想这两口子，真他妈的有意思。

"丫头哥，那蟹还想养吧？"我递过去一支烟，又给他点上。

"当然，我就等着王小二那块水塘了。"刘丫头深深地吸口烟，再吐出来。

"时候到了，刚才，王小二推着抽水机已经过去了。"

"真的。"刘丫头眼睛瞪起来，说，"一会儿我就去找我叔，他老人家说话也该算话吧。"

"别忘了，今天是你叔的生日。"我笑笑说。

"快滚吧，我的脑袋瓜子不是木头做的。"

刘丫头脸膛红彤彤的，腮上那猪鬃似的两撮黑毛挓挲着。他的皮肤这么粗糙，怨不得秋麦看不上他。

我把钱塞进口袋里，长出了一口气。我才不管这一套，晚上，春香那小妮子还等着我的钱呢。一想到春香，我心里便按捺不住激动，这小妮子水灵灵的，已经能迷惑人了。我心里有数，她对我的印象还是不错的。她妈带着她弟弟在县城里看病，钱不够了，打电话跟我借钱。真是天赐良机，这个忙我可不能不帮啊。

七、刘丫头

家事、国家、天下事，我是事事关心，可他娘的谁关心过我。我眼看着也快四十岁了，我不想生气。我不想扯什么酸甜苦辣，这些年，投机倒把的事儿我干过一些，那是我自己本事大。如今想来想去，真他娘的屌意思没有。我知道我脾气不好，可脾气再好，你要碰上刘全这样的浪荡公子，你不发火才怪。

刘全这个狗日的又来借钱，我的钱就这么好借，那是我顶着蹲监狱的危险弄来的。唉，那样的好日子都过去了，如今，人的心眼子多了，你糊弄谁也不好糊弄。我爹虽说在城里也混了个一官半职，但屌事也不帮我一把，我的两个弟弟，没一个正经混的，没一个有出息的，你看一个个那熊样儿，我见了就烦。现在想一想，我爹农转非的时候，多亏我超了年龄，说实在的，我真不喜欢那座城市，除了人还是人，除了汽车还是汽车，喘口气都呛你个跟头。前几年我盖了这几间房子，我就想让他们看看，我刘丫头在农村也活得不错嘛。

可话又说回来，盖这几间房子，把我那点老本也折腾得差不多了。可你让我干个买卖什么的，我从心底里不喜欢。不喜欢干的事儿我从来不干。要说起来，我就喜欢打个鱼摸个虾的，可你让我像王小二那样，整天起早摸黑地往河里钻，一天挣不了个十块八块的，我还真不干。所以我看准了村北的那块水塘，我把它改造一下，养个蟹种个鳖的，一年下来，怎么也得弄几万吧？

刘全说王小二弄鱼去了。这消息让我把刘全借钱的不快一扫而光。我叔答应过我，说你就让王小二收一茬嘛。我叔说这话时，已经是大半年以前了。当时，我一听是王小二占着水塘，真想揍这个狗日的一顿。这个狗日的王小二，每次我在秋麦面前骂他时，秋麦总是装着没听见。我想秋麦肯定是让这个狗日的干过了。因为在我和秋麦订婚之前，我知道他们俩交往过那么一段，要不是秋麦的爹娘死活不愿意，我想秋麦现在只能伺候那个瘫子了，一身的鱼腥味儿不说，还得弄一身臭屎味儿。这个婊子，当时要不是看她长得漂亮，我早就踹了她。还有刘全这个王八蛋，在我面前就跟他嫂子眉来眼去的，当我是傻瓜呀，可别让我抓到把柄。

　　我站在院子里胡思乱想的时候，秋麦从屋子喊我，她说："一会儿你去镇上赶集，别忘了给我买块围脖，天快冷了，我还没有围脖呢。"

　　"我不去了。"

　　"你不是说要去赶集吗？"

　　"不去就不去了。"我没好气地说。

　　我看出秋麦脸上的失望。她一皱眉头，我就烦她，虽然她皱眉头的样子并不难看。不知道为什么，我和秋麦结婚十几年了，可我们凑在一块儿就是没有话说。如今可好，孩子让我妈接到城里去读书了，家里似乎突然就冷下来了。有时候我心情不错，就找点话儿跟她说，可她冷着脸儿，一点儿风情都不懂，她白生了一个美人坯子，弄得我好心情也变坏了。我一生气，就想去女儿红酒店里找点乐子。哎呀，那些女人，真他妈的又年轻又过瘾。

　　天阴得快掉下来的样子，让你打心里往外烦。我站在院子里又愣了会儿，就来到屋子，从柜子里拿出两瓶"孔府家"。我跟秋麦说："中午你自己吃吧。"

　　秋麦冷着脸，也不理我，好像我不赶集就有罪似的。我就是他妈的不去，不就是一条烂围脖吗？

"你就知道去喝酒。"

我正准备出门，秋麦猛地嚷了这么一句，也活该打这一仗，正好碰上我心情不好。

我说："你管得着吗，你再嚷，你再嚷我揍你个狗日的。"

我没想到秋麦真的跟我较上劲儿，她冲到我脸前，闭着眼说："揍啊，揍啊，刘丫头，你要不揍我你就是狗日的。"

本来我不想理她，可你看她那泼样儿，你跟我要什么泼，我刘丫头最大的本事就是酒后喝多了骂上几句，惹我烦了我都没揍过你。你跟着我刘丫头，哪点儿委屈你了。别人有的你都有，孩子不用你看，活儿你也干不了多少，一排溜五间红砖瓦房，窗明几亮的，我刘丫头哪点对不住你秋麦。你他妈的嫁过来的时候就不是个囫囵货。你怪我脾气不好，有几个大老爷们儿脾气好的。

我越想越生气，就没头没脑地给了她几下子。"你哭吧，你自己躲在这好房子里好好地哭吧。"说完我就跑了出来，我怕她缠着我不放。这个娘们儿，除了漂亮点儿，没一点让人热的地方。

街上冷清清的。秋收完了，人们打工的打工，做买卖的做买卖，这么大个村子，就剩了一些老人、孩子和妇女，像我这个年纪的，在家里蹲着的也确实不多，心情一不好，我就想念前些年村里的那种热闹劲儿。说实在的，我叔这村长干得也是马马虎虎，别看整天咋咋呼呼的，老刘家这些人，谁跟他沾过光呀。过几年，等我兜里有了点钱，我非得把我这位拉拉叔拉下台去。

我瞅了瞅手里提着的两瓶"孔府家"，就觉得心里别别扭扭的，唉，就当冲那块水塘去的吧。

打老远，我就看到拉拉婶从门里走出来，她端着泔水盆子，是出来喂猪的。她总是那么勤勤恳恳，从小她对我最好。小时候，有什么好东西，我婶子总是分一半给我。从远处，我突然发现她老了许多，她也就是五十多岁吧，我记得她比拉拉叔还小两三岁呢。我不知道她姓什么，但我知道她叫艾。小艾，我母亲在家的时候，总是这样叫她。小艾，我母亲一喊，她就笑了。她对谁都是那么好。我就纳闷，这么好的脾气咋就养出个刘全这样的儿子。我还想，要是秋麦的脾气能赶上婶子一半好，我就知足了。

正胡思乱想着，突然看到一个穿着入时的女人慌慌张张地朝我跑过来，她身后还跟着一个小男孩。

"叔，你看到我爸爸没有？我爸爸是二九啊。"

二九？我仔细一看，这才认出眼前的女孩子是二九的闺女小樱。

"你是小樱啊，我没看到你爸爸。你爸爸不是瞎了吗？他还能到处跑啊。"

"叔啊，我们睡醒觉，他就不见了。我们找了一上午，村里都找遍了，没有人看见他。真急死人了。"

"别着急，你们先找着，我这就去村长家，让他在大喇叭里喊一喊。"

小樱说了声谢谢，便又带着那个小男孩朝前跑去。我盯着他们的背影，使劲摇摇头。

这二九，曾经可是个响当当的人物啊。

八、秀才

我一抬头，看到一片雪花从空中晃晃悠悠地飘下来，接着是第二片、第三片⋯⋯雪还是下来了。刹那工夫，天地间变得混混沌沌、苍苍茫茫。我盯着湾中间那几丛芦苇，北风中，灰白的芦苇穗子跟雪花搅在一起，一时都分不清谁是谁了。

刚才就在那个地方，是我先看到的竖在芦苇丛中的两条腿。我以为是看花眼了，使劲往上推了推眼镜，又抻着脖子瞅了半天。我先是看到了一只鞋子，接着又看到一只被水泡得雪白的脚丫子伸出水面来。我心里猛地忽悠了一下，比小盼把舌头伸进我嘴里的那一下还厉害。我朝小二哥那边跑了几步，腿软得不行。我指着芦苇丛那边说："二哥，你看看那边。"小二哥手里提着一个水盆，顺着我手指的方向看去。大概过了几秒钟，他手里的水盆"砰"地一下落在地上，差点砸在我脚上。"秀才，快去、快去喊几个人来，对，喊刘拉拉，把刘拉拉喊来……出事了，真的出事了，闹不好是二九，他闺女到处找他，日他奶，他瞎着个眼，咋就钻到我水塘里来了？"

小二哥这么一说，我突然想起来，刚才村里的大喇叭里好像喊过找二九的事情。我像一只兔子似的，跑得飞快。一进村子，我见人就喊："出事了，北大湾出事了。"我径直朝村长刘拉拉家跑去。

我领着刘拉拉回到北大湾时，塘边已围着一帮人，大伙指指点点的，看到刘拉拉来了，便自动地让了让身子。刘拉拉抷着腰，喘两口粗气，说："等着干啥？下去两人，把他拽出来。"

抽水机早已停下来。小二哥哭丧着脸，鞋都没脱，就进到水里。可是再也没有别人站出来。小二哥朝我看两眼。我心里很怕。我正犹豫着，看到披头散发的小樱和那个小男孩朝这边跑过来。我说："我下去吧。"我脱下鞋子，没脱袜子和裤子。尽管抽了半上午，水还是没到了大腿根。水冰凉，如同用钢丝往骨头缝里钻。我听到我的上下牙齿打得咔咔响。我和小二哥来到芦苇丛边上。我抓起那只雪白的脚丫子。我们一人拽着一条腿，便把他从淤泥里拽出来。尽管他是趴伏着身子，脸朝下，可我还是不敢回头看。我一手拽着雪白的脚丫子，一手在空中划着，脚下淤泥很深。有一条大鱼撞在我的腿肚子上，我差点摔倒在水里。来到岸边，有人接过我手中雪白的脚丫子，我呢，没回头看，便跑到一边去了。接着，我听到樱子撕心裂肺的哭声。

尸体拉走后，水塘边上只剩下我一个人。小二哥也跟着回村了。他还得把车子拉回来。抽水机、胶皮管子、渔网、水盆……乱七八糟，满地都是。我把湿透的裤子脱下来，使劲拧干，又穿在身上。不知道是冷还是紧张，我老是想把自己蜷缩成团儿。我"啊啊"地喊了两声，蹦了几个高，接着又绕着水塘跑了两圈儿，跟一条疯狗似的。不过，身上暖和了不少，我掏出一支烟，点着，这才发现，雪花三三两两地飘下来了。

我盯着风雪中的那片芦苇，心里突然特别难受。几年来，我老为我的懦弱而感到耻辱。大学毕业后，因为找工作，到处碰壁，碰得鼻青脸肿，也没找到一份满意的正儿八经的工作。我开始怨天尤人，自暴自弃。两年多来，我以考研究生的名义，躲在家里，不愿意回到城里去。可我的心，没有一天不受到煎熬，尤其是听到父亲卖豆腐的梆子一响，我羞愧难当。我觉得我无能，就是一个废人，就是一堆垃圾，就是一台造粪机器。可是，我错了。今天上午，小盼如同一团火似的扑进我怀里。她向我倾诉，没想到，我在她心里，竟然是那么高大、完美。我无地自容，恨不得找个老鼠窟窿钻进去。小盼的这份感情，我还没来得及理清，这不刚才，我又见识了一次死亡。真是惊心动魄的一天。快乐、惶惑、惊恐、哀伤……诸多的不安在我心里搅拌。

我们都是一些可怜的人啊。可我觉得，最可怜的人倒不是死去的二九，而是老实本分的小二哥。他哭丧着脸，是哑巴吃黄连——有苦说不出。他的一塘鱼，就这么给毁了，养了将近两年。他本来是鼓着劲儿要卖个好价钱的，这一下可好，从鱼群中间，猛地钻出一具死尸，谁还敢吃这水塘里的鱼。

"二哥，能不能把水抽回来，再养个一年半载的？"

"抽不回来了，你看，水都漫进了荒地。就这个样子吧，过几天，我捞一捞，饭店是不能送了，到集市上卖卖吧。"

实际上也没什么。我心想。这么大的水塘，死尸只在里面泡了一宿。可事情不能这样想，话也不能这么说。只能认倒霉，总不能怪一个死人去吧。回过头来，我又对这个死去的二九感到悲伤。他当年多牛啊，在镇上买了二层小楼，还在电视里跟县长平起平坐。可到头来，却闹了这么个下场。

就是这么回事，人生不过如此。心里一发感慨，突然感到自己还是幸运的，起码还有小盼这样的女孩子爱着我。实际上，我也很喜欢小盼。我们住邻居。原来，我一直把她当妹妹看。可没想到，她的心里埋着一团火啊。想到这里，我心中不觉一暖，竟忘记了这满天的风雪。

这几天，我想到县城里，找我哥哥仔细聊聊。

我想带着小盼进城去。

我陈元要重新开始。

九、春香

杂七杂八的事情忙完以后，我坐在水管旁边洗那几件夜里泡上的衣服。屋里的那台老座钟已经响过十下。衣服是母亲带着弟弟进城时换下来的。弟弟穿过的衣服特别脏，洗衣粉撒了一小把，搓来搓去，沫也没有漂起多少。

两天前，弟弟上课的时候，突然晕倒在课堂上。母亲心里很害怕，虽然父亲不在家，但母亲还是决定带他到城里的医院去看看。

母亲和弟弟已经走了两天。不知道为什么，今天早晨一起床，我这心里就疙疙瘩瘩的，总觉得要有什么事儿发生。我竟然把搅好的鸡食倒进了猪槽里。有那么两次，我喘气都感到困难，站在那里，捂着胸口，一动也不敢动。我听到心脏像小鼓似的蹦得飞快。整个早晨，我心里都在不停地念着"阿弥陀佛"。要知道，这样的情况都是以往不曾有过的。

就是洗着衣服，我的脑袋里也在不停转着。我祈祷着，弟弟可千万别有什么事情。我心里净瞎琢磨，刘全走进门来，我都没有听到。

"春香。"刘全声音不大，却把我吓得差点坐在地下。

我站起来，头却像让谁砸了一棒子似的，一团团银星从眼前飞起来，昏了半天。

"春香，"刘全盯着我，从兜里摸出一根烟，点上，"你娘来电话了。"

我看着刘全绷着脸，一脸严肃的样子，嗓子眼里便立刻堵上了一块东西，两只手也在不停地抖动着。

刘全坐惯了我们家枣树下面的那把躺椅，于是一屁股便坐了进去，躺椅吱吱地叫了两声。

刘全说："你娘叫你放心，你弟弟没什么大毛病，不过，得住院观察几天。你娘那里钱不够了，让我给你准备两千块钱，让你明天一早送进城去。"

我的心就像一条小船似的，还在晃悠着。我说："全叔，我给你沏茶去。"

"不用了，"刘全吐一口烟，"我去镇上还有点事，正好去储蓄所取点钱，晚上我爹过生日，送走客人我就过来，你可得在家里等着我。"

我忙点头。我看到刘全的眼睛不停地在我身上扫来扫去，扫得我浑身不自在。我倒希望这时候，他跟我开个玩笑什么的，可是他没有。他从躺椅里站起身，把烟头扔在地上。

"对了，"在他转身的一瞬间，又扭过头来说了一句："你娘还特别嘱咐我，让你在裤头上缝一个口袋，把钱装在里面。她说，这样就安全了。你不知道城里有多乱。"

刘全突然笑了，眼珠也骤然亮了许多。他盯着我说："你都这么大了，你娘还是对你不放心。就说前段时间我给你在城里找的那个工作吧，多好，可你娘非说你还太小。你自己说说你还小吗？"说完，刘全伸出手，在我的肩头上摁了摁。我一哆嗦，便闻到一股浓浓的胶皮味儿。我低下头，脸像锅底一般烫人。

要说起刘全这个人，我觉得他还是很有意思的。按辈分我喊他叔，他年龄又那么大了，既是村长的儿子，又是养鸡场的老板，可他一点儿架子都没有，他总喜欢跟我开玩笑。他坐在我们家的院子里，等着我母亲在屋里把账算完。我母亲每天都从他的养鸡场里批发鸡蛋，进城里去卖。于是，他一星期来我们家结一次账。门口摩托车一响，我就知道是刘全来结账了。像我母亲这样进城去卖鸡蛋的妇女，我们村有七八个呢。鸡蛋都是从他那里批发的，光结账，也够他忙活的。可刘全来到我们家，从来没有急急火火的时候，他把身子歪在我们家枣树底下的躺椅里，眼睛东瞅瞅西看看，一副很自在很舒服的模样，看上去他心里踏实极了，像是那把躺椅专门为他准备的一样。我母亲坐在屋里的床头上，一边数着手里的票子，一边喊："春香，给你全叔倒水。"

我给刘全倒水，他便乐呵呵地盯着我。我不用看他，我就知道他在乐呵呵地盯着我。

"春香，你有一根白头发呢。"说着，他便抓住我的头发，"来，我给你拔下去。"

头皮一疼，我一咧嘴，便听到他嘿嘿的笑声。他举着我一根乌黑的长头发，说："坏了，拔错了，拔错了。"

我使劲儿瞪他一眼。我知道他是在跟我闹着玩儿，心里也并不真的生气。他这个人还是挺有意思的，一点儿架子都没有。不过，我就是害怕他看我时的那种眼神儿。

一天的时间真短，洗了几件衣服，就过去了，还累得不行。午后我出门的时候，看到一伙人跑来跑去，像是出了啥大事的样子。迷糊奶奶嘴里嘟囔着北大湾啊二九啊啥的，我也站在街头朝北看，不一会儿，一伙人拉着辆地排车从北边走过来，我看到车子里躺着一个人，浑身湿漉漉的，全是泥巴。我躲在几个老人身后，不敢仔细看。车子过去后，我终于明白了。是那个得了癌症的二九投湾自尽了。我很害怕。

这一天，不管我做什么事，心里总是不踏实，虽说我知道弟弟并没有太大的事，但还是不行。我想，肯定是让那个二九吓的，但也许是因为明天要进城去的缘故。这可是我第一次自己进城，虽然我已经十六岁了。还有，下午下了一阵雪，我担心夜里还下，明天进不了城咋办？妈妈和弟弟还等着我去送钱呢。

已经是晚上九点多钟。我蜷缩着身子，歪在枣树下面的躺椅里。周围漆黑一片。天上一颗星星都没有。透过黑乎乎的夜空，隐约能看到还没有落净的枣树叶在轻轻摇晃。我在为明天穿什么衣服犯愁。我心里难受极了，我没有一件这个季节穿的新衣服。我只有一件新裙子，还是去年我进城参加中考时，母亲特意给我做的，她盼着我能考个好学校，可我让她失望了。不过后来我想了想，这并不是一件坏事，如果我考上城里的学校，那得把我爹娘愁死。话又说回来，当然是考上好了。但人的命，天注定，想是没用的。

我的眼睛再一次瞅向那黑乎乎的门洞。大门是关着的，不知道为什么，我又期待又害怕听到门响。一想到在这么黑的夜里，会独自面对刘全，我就心喘气短，身子下面的躺椅也趁机"吱吱嘎嘎"地叫上几声。

躺椅的叫声让我想到了父亲。躺椅是父亲从城里的旧货市场买回来的。买回来的时候，它已经烂得不成样子，竹片一片片掉下来，尼龙绳糟了，木头架子也有了裂缝。父亲费了半天工夫，竟然折腾得有了模样。弟弟一屁股坐进去，躺椅纹丝不动，只是发生轻微的吱吱声，如同一只受了气的小羊羔。父亲拍拍手，嘿嘿笑了两声，说："花了两块钱，这城里的东西……"嘿嘿，父亲又笑了，像是赚了多大的便宜。

实际上，躺椅做好后，父亲并没有多少时间躺在里面。父亲长年在外面打工，只有秋收和过年的时候，他才回来坐上几天。那时候我和弟弟都变乖了，坐在小板凳上，瞅着父亲歪在躺椅里喝茶。

如今，父亲正在一座大城市里干建筑，他肯定不知道弟弟住院的事儿。我母亲不想告诉父亲。母亲带着弟弟临进城时，还专门嘱咐我：春香，你可别给你爹打电话呀。在事情没弄清楚之前，我怎能随随便便给父亲打电话呢？

只是都这么晚了，刘全还没把钱送过来。

老天爷，求求你，快让他来吧。

我害怕。

天好冷，冻得我直哆嗦。可是我不想进屋。我不想让刘全进屋。我想让他在院子里把钱交给我。

刘玉栋主要创作年表

· 短篇小说

　　《浮萍时代》《山东文学》1993 年第 10 期

　　《青春边缘》《当代小说》1993 年第 11 期

　　《雾》《当代小说》1994 年第 4 期

　　《生活无痕迹》《山东文学》1994 年第 5 期

　　《秋日无风景》《文学世界》1995 年第 6 期

　　《傍晚》《当代小说》1996 年第 3 期

　　《昏夏》《山东文学》1996 年第 8 期

　　《肉体与时光》《当代小说》1996 年第 9 期

　　《堆砌》《文学世界》1996 年第 5 期

　　《旧事二章》《青岛文学》1996 年第 10 期

　　《玉米生病的日子》《青春》1997 年第 3 期

　　《花花琉琉玻璃球球》《当代人》1997 年第 5 期

　　《日出日落》《当代小说》1997 年第 6 期

《傻女苏锦》《青年文学》1997 年第 6 期

《追梦》《山东文学》1997 年第 7 期

《家事》《短篇小说》1997 年第 8 期

《第一场雪》《佛山文艺》1997 年第 8 期

《淹没》《时代文学》1997 年第 5 期

《后来》《当代小说》1998 年第 1 期

《绿衣》《当代小说》1998 年第 1 期

《牧神的午后》《当代小说》1998 年第 1 期

《危楼听歌》《佛山文艺》1998 年第 3 期

《葵花地》《当代人》1998 年第 5 期

《酒水空间》《当代小说》1999 年第 5 期

《向北》《飞天》1999 年第 6 期

《梦中的大海》《山东文学》1999 年第 11 期

《平原的梦魇》《文学世界》1999 年第 6 期

《八九点钟的太阳》《钟山》2000 年第 1 期

《锋刃与刀疤》《东海》2000 年第 2 期

《白雪一片》《当代人》2000 年第 4 期

《高兴吧，弟弟》《广西文学》2000 年第 8 期

《平原三章》《江南》2000 年第 5 期

《黢黑锃亮》《莽原》2000 年第 5 期

《平原三章》《长江文艺》2001 年第 3 期

《葬马头》《长城》2001 年第 2 期

《小说选刊》2001 年第 6 期转载；

　入选《2001 中国年度最佳短篇小说》

《2001 年度中国短篇小说精选》

《中国当代文学经典必读·2001 短篇小说卷》

《新实力华语作家作品十年选》。

《干燥的季节》《长城》2001 年第 2 期

《一个哈欠打去的梦》《佛山文艺》2001 年第 3 期

《火化》《天涯》2001 年第 5 期

《路灯》（日文）

《葡萄的味道》《当代人》2001 年第 9 期

《屠》《雨花》2001 年第 11 期

《蛇》《创作》2001 年第 5 期

《短篇小说选刊》2001 年第 12 期转载。

《给马兰姑姑押车》《天涯》2002 年第 3 期

《新华文摘》2002 年第 7 期转载；

《短篇小说选刊》2002 年第 7 期转载；

　入选《十月少年文学》2017 年第 1 期"经典重读"；

　获第二届齐鲁文学奖；

入选中国小说学会评选的"中国小说排行榜";

入选《21世纪中国文学大系·2002年短篇小说》

《2002年中国短篇小说年选》

《新世纪中国小说排行榜精选》

《最佳中国儿童文学读本》

《高中语文自读课本》。

《路灯》(英文)

《火色马》《春风》2002年第5期

《小说月报》2002年第7期转载;

《短篇小说选刊》2002年第7期转载;

入选《2002年度中国短篇小说精选》

《2002年中国短篇小说经典》。

《春色满园》《春风》2002年第5期

《受委屈的孩子》《芙蓉》2002年第6期

《乡村夜》《阳光》2003年第2期

《小说选刊》2003年第6期转载;

入选《2003中国年度最佳短篇小说》。

《怪胎》《橄榄绿》2003年第3期

《公鸡的寓言》《长城》2003年第4期

《短篇小说选刊》2003年第9期转载;

《儿童文学》2013 年第 3 期（中）"典藏"转载；

入选《2003 年中国短篇小说经典》

《最佳中国少年文学读本》。

《冬枣树下》《朔方》2003 年第 11 期

《冰》《郑州晚报》2003 年 12 月 8 日

《早春图》《天涯》2004 年第 3 期

《小说精选》2004 年第 8 期转载。

《幸福的一天》《红豆》2004 年第 6 期

入选中国小说学会评选的"中国小说排行榜"；

入选《2004 中国短篇小说年选》

《2004 年中国短篇小说经典》

《新世纪获奖小说精品大系》

《中国小说排行榜·十年榜上榜》。

《告别》《芙蓉》2004 年第 4 期

《红鲤鱼》《青海湖》2004 年第 8 期

《春旱》《春风》2004 年第 11 期

《小说二题》《山东文学》2005 年第 5 期（下）

《没什么大不了》《羊城晚报》2005 年 5 月 8 日

《病毒》《岁月》2005 年第 11 期

《玫瑰街角的两个老人》《山东文学》2007 年第 2 期

《战争底片》《山花》2007 年第 4 期

《灵魂伴侣》《天涯》2007 年第 5 期

　　入选《2007 年中国短篇小说经典》。

《胸脯》《飞天》2007 年第 9 期

《打野鸡》《满族文学》2010 年第 4 期

《一条 1967 年的鱼》《山花》2010 年第 6 期（B）

《父亲上树》《作品》2011 年第 8 期

　　入选《中国短篇小说年度佳作 2011》。

《石头三记》《边疆文学》2011 年第 8 期

《狐门宴或夜的秘密》《十月》2013 年第 1 期

《烧伤》《广州文艺》2013 年第 1 期

《台风》《时代文学》2013 年第 3 期

《紫斑》《天下》2013 年第 2 期

《家庭成员》《人民文学》2013 年第 6 期

《回乡记》《北京文学》2015 年第 6 期

《小说选刊》2015 年第 7 期转载；

　　入选《中国当代文学经典必读·2015 年短篇小说卷》。

《大寒》《青岛文学》2015 年第 10 期

《南山一夜》《人民文学》2016 年第 3 期

《中华文学选刊》2016 年第 5 期转载；

《文学教育》2016年第5期转载；

　　入选《2016中国短篇小说年选》

《2016年中国短篇小说精选》。

《锅巴》《天涯》2016年第4期

《小说选刊》2016年第8期转载。

《青春六段》《青年文学》2016年第7期

《白雾三章》《青岛文学》2016年第11期

《小说三题》《星火》2017年第1期

《中华文学选刊》2017年第3期转载。

《心火》《南方文学》2018年第1期

《爸爸的故事》《芙蓉》2018年第2期

《中华文学选刊》2018年第3期转载。

· 中篇小说

《红枣红》《山东文学》1995年第4期

《我们分到了土地》《人民文学》1999年第7期

《小说选刊》1999年第9期转载；

　　入选《99中国年度最佳小说·中篇卷》

《30年改革小说选》；

　　获第一届齐鲁文学奖。

《跟你说说话》《人民文学》2001 年第 5 期

《小说月报》2001 年第 7 期转载。

《芝麻开门》《十月》2001 年第 6 期

《大路朝天》《时代文学》2002 年第 1 期

《丫头》《中国作家》2003 年第 3 期

《越跑越快》《十月》2005 年中篇小说增刊

《消逝》《时代文学》2006 年第 3 期

《大鱼、火焰和探油仪》《十月》2008 年第 1 期

　　入选《2008 中国中篇小说年选》。

《苹果落地》《上海文学》2008 年第 9 期

　　入选《2008 年中国中篇小说经典》。

《河边的孩子》《时代文学》2011 年第 3 期

《暗夜行路》《作品》2012 年第 8 期

《小说月报》2012 年中篇小说增刊转载；

《中篇小说选刊》2012 年实力作家专号转载。

《风中芦苇》《鸭绿江》2014 年第 3 期

《小说选刊》2014 年第 5 期转载；

　　入选《中国当代文学经典必读·2014 年中篇小说卷》。

《蓝色隧道》《山东文学》2015 年第 5 期

《白雾》《小说界》2016 年第 4 期

《月亮舞台》《人民文学》2018 年第 2 期

· 长篇小说

《天黑前回家》山东文艺出版社 2004 年 7 月版

《年日如草》《十月·长篇小说》2010 年第 3 期

　　作家出版社 2010 年 7 月版；

《长篇小说选刊》2011 年第 5 期转载；

　　获第二届泰山文艺奖（文学创作奖）。

· 儿童文学

《泥孩子》人民文学出版社、天天出版社 2015 年 8 月版

　　获首届青铜葵花儿童小说奖；

　　第六届中华优秀出版物奖图书奖。

《我的名字叫丫头》山东教育出版社 2016 年 3 月版

　　获 2016 年冰心儿童图书奖；

　　入选 2016 年度"大众喜爱的 50 种图书"。

《白雾》安徽少年儿童出版社 2016 年 12 月版

《月亮舞台》明天出版社 2018 年 6 月版

• 小说集

《锋刃与刀疤》中国文联出版社 2000 年 1 月

《我们分到了土地》山东文艺出版社 2001 年 12 月

《公鸡的寓言》山东文艺出版社 2005 年 12 月

《火色马》山东文艺出版社 2011 年 3 月

《浮萍时代》济南出版社 2012 年 8 月

《家庭成员》现代出版社 2014 年 8 月

《芝麻开门》百花文艺出版社 2015 年 11 月